KB125434

기억의
낙원

기억의 낙원

김상균 장편소설

웅진 지식하우스

분명 머지않은 날에 하나하나 실현될 듯한 기술들을 생생하게 그리는 이 소설을 읽으면서, 으스스한 느낌이 들었다. 어쩌면 우리는 '현실은 유일무이하다'는 관념을 갖는 마지막 세대일지도 모르겠다는 생각에.

앞으로 다가올 미래는 '현실 대 가상현실'의 단순한 구도가 아닐 것 같다. 가상현실은 현실의 고통을 치유하고, 현실은 가상현실에서 고통을 설계한다. 가상현실은 현실에 욕망과 지식을 만들어내고, 현실은 가상현실에 희망과 정의를 불어넣는다. 그 모든 고통, 욕망, 지식, 희망, 정의는 '진짜'다. 현실과 가상현실은 서로 대화하고, 서로를 재창조한다.

'순수한 현실'은 사라지며, 우리는 가상현실이 제각각, 직간접적으로 반영된 여러 종류의 '현실들' 속에서 살아가게 된다. 가상현실 장치를 전혀 이용하지 않으려는 사람조차 그런 미래를 피할 수 없다. 흥미진진한 서스펜스 스릴러의 외형 아래 당혹스러우면서도 묵직한 질문을 던지는 힘 있는 소설에 찬사를 보낸다.

— 장강명(소설가)

나는 누구인가? 주로 철학의 영역에서 다뤄지던 존재론에 대한 질문은 과학기술의 발전으로 인하여 뇌과학과 인공지능, 가상과 증강현실을 다루는 기술의 영역으로 넘어왔다. 나는 나의 몸인가? 그렇다면 나라는 존재는 생체인식 데이터를 기반으로 한 나의 신체로 정의된다. 나는 나의 정신인가? 그렇다면 나라는 존재는 뇌 안에 저장되어 있는 기억을 기반으로 정의될 것이다. 나의 기억이 데이터로 치환되고 복사되어 뇌와 몸이 아닌 다양한 데이터베이스를 오고 갈 수 있다면? 누가 진짜 나이며, 무엇이 실제 세상의 경험을 구성하는지에 대해서 답을 하기 어려운 질문들이 새로 생겨날 터이다. 그리고 이러한 질문들은 미래가 아닌 현재 속으로 들어오고 있는 중이다. 『기억의 낙원』은 인공지능과 뇌과학, BCI 기술의 발전으로 더 이상 피할 수 없게 된 이러한 질문들을 흥미진진하고 흡입력 있게 녹여냈다. 소설 속 인물들이 마주하게 된 여러 윤리적 딜레마들은 결코 먼 미래의 일이 아니기에 현재의 내 뇌에도 여러 파장들을 일으켰다. 그 파장들이 당신의 마음속에도 많은 질문을 심어놓기를!

— 장동선(뇌과학 박사, 『AI는 세상을 어떻게 바꾸는가』 저자)

시냅스 구성

휴브리스

"너무 높이 올라가지 마라.
그곳은 신들의 영역이다."

남자는 창문에 붙어서 수술방을 지켜보고 있다. 수술대 위에 여자가 누워 있다. 그녀의 피부는 오랜 시간 빛을 보지 못한 낙엽처럼 누렇게 변해 있었다. 그의 시선이 메마른 피부 사이로 드러난 뼈대에 머무른다. 병마와의 오랜 싸움이 남긴 흔적이다. 그는 그녀와 함께했던 시간을 떠올린다. 그녀의 웃음소리, 따스한 손길, 그리고 함께했던 수많은 추억들. 그러나 이제 그 모든 것이 마치 사라져버린 환영 같았다.

수술대 곁에 놓인 수많은 기계가 삶과 죽음의 경계선 위에서 여자를 붙잡고 있다. 여덟 명의 의료진이 수술대를 둘러싸고, 검은색 가운을 걸친 의사가 남자를 바라본다. 남자는 마른 입술을 깨물며 천천히 고개를 끄덕인다. 그러자 수술이 시작되었다. 여자의 몸에서 뇌와 신경다발을 분리하는 수술이. 여섯 시간이 지날 때까지 남자는 한순간도 창가를 떠나지 않았다. 수술대 위의 여자, 아내를 지켜줄 이는 자신뿐이라 여겼다. 하지만 그것은 남자 자신을 위한 행위였을지도 모른다. 아내를 지켜보며 자신의 마음을 달래고 있었는지도 모른다.

수술실 내부는 초현실적인 분위기였다. 기계들의 윙윙거리는 소리, 전자 장치의 깜박이는 불빛, 그리고 의료진의 움직임 하나하나가 비현실적으로 느껴졌다. 그는 그 모든 것을 무감각하게 지켜보았다. 아내의 뇌와 신경다발이 보존액 병에 담길 때까지.

오랜 사투 끝에 의료진은 아내의 몸에서 뇌와 신경다발을 분리해 수술대 옆의 보존액 병에 담았다. 투명한 원통형 병에 맑은 푸른빛의 보존액이 가득 채워져 있었다. 그 속에서 아내의 뇌는 마치 우주를 둥둥 떠다니는 해파리처럼 보였다. 수많은 주름과 고랑으로 이루어진 뇌 표면에는 무언가가 복잡하게 얽혀 있었다. 뇌에서 뻗어 나온 신경다발은 마치 나무의 뿌리와도 같았다. 가느다란 실 모양의 수많은 신경섬유가 뇌에서부터 사방으로 퍼져나갔다.

보존액 병 속에 퍼져 있던 나노 전극들이 신경다발에 달라붙기 시작했다. 마치 나뭇가지에 이슬이 맺히듯, 신경섬유 끝마다 은빛 전극이 촘촘히 붙어갔다. 그 모습은 마치 살아 있는 생명체를 연상케 했다. 뇌와 신경다발이 기계와 결합되었다. 아내의 의식은 이제 그 전극을 통해 아르카디아로 연결된다. 그가 그토록 염원했던 아르카디아로.

의료진이 수술대를 등지고 보존액 병을 바라본다. 수술대에는 회색빛으로 변한 여자의 껍데기가 놓여 있다. 남자는 이상한 기분이 들었다. 아내의 몸은 그저 텅 빈 껍데기에 불과했다. 병 속에 담긴 뇌와 신경다발에 아내의 영혼이 깃들어 있는 듯했다. 남자는 보존액 병 속에서 유영하듯 떠다니는 아내의 뇌를 말없이 바라보았다. 저 뇌 속에 그들이 함께했던 모든 기억이 고스란히 남아 있을 터였다.

검은색 가운을 걸친 의사가 창가로 다가왔다. 남자는 창을 통해 의사를 바라보며 입을 열었다.

"연결해주세요."

의사가 잠시 망설인다. 그러나 이내 고개를 끄덕였다. 의사는 보존액 병 곁으로 돌아가 단백질 구조물로 만들어진 묵직한 파이프를 보존액 병의 연결 단자에 꽂았다. 묵직한 파이프의 반대쪽은 아르카디아 접속 장치와 연결되어 있었다. 몇 분 동안 아르카디아 접속 장치를 모니터링하는 패널을 바라보던 의료진의 표정에 미소가 감돌았다. 검은색 가운을 걸친 의사가 창가로 다가왔다. 마이크 연결 버튼을 눌렀다.

"장 교수님, 성공했습니다! 거부반응 없이 사모님의 뇌가 아르카디아에 연결됐습니다."

남자는 한 손을 들어 유리창을 짚었다. 창 너머로 보이는 보존액 속 아내의 뇌에 자신의 손이 닿기라도 할 듯.

'이제 아르카디아에서 당신을 다시 볼 수 있구나! 다 됐어.'

아내의 몸은 죽었지만 영혼은 살아 있다. 아내와 함께할 수 있다는 기쁨, 아내를 영원히 잃어버렸다는 슬픔이 뒤섞인 복잡한 감정이 가슴을 채웠다. 메마른 볼 위로 눈물이 흘러내렸다. 창문 너머로 아내의 뇌가 보존액 속에서 유영하는 모습을 보며 남자는 환희에 젖었다. 머잖아 자신도 아르카디아로 들어가 아내와 다시 만나겠다고 생각했다. 단순한 재회가 아닌, 새로운 시작이 되리라 믿었다. 장 교수는 눈물을 닦았다. 아내의 뇌를 바라보며 미소를 지었다.

해명

"운명에 우연은 없다.
우리는 우리가 쌓아 올린 운명 위에 서 있다."

하람은 눈을 떴다. 반쯤 열린 커튼 사이로 흘러드는 희미한 햇살이 방 안에 은은한 어둠을 드리웠다. 해명의 아침은 오늘도 뿌연 안개에 휩싸여 있었다. 그 안개 너머에는 또 다른 세계가 숨어 있는 듯했다. 현실과는 동떨어진, 아득하고 신비로운 세계. 본가로 돌아오는 길은 매섭게 부는 찬 바람과도 같았다. 경제적 궁핍이 하람을 이곳으로 이끌었다. 그는 부모님에게 아무 얘기도 하지 않은 채 직장을 그만두고, 어제 해명으로 내려왔다. 아버지와 마주치는 것이 두려워, 동네 친구들과 어울린다는 핑계로 학교 앞 주점에서 새벽까지 술을 마셨다.

시계는 어느덧 오전 11시를 가리키고 있었다. 하람은 냉장고에서 보리차 병을 꺼내 들고 소파에 깊숙이 몸을 묻었다. 낡은 가죽 소파가 그를 부드럽게 감싸안았다. 창밖으로 보이는 풍경은 여전히 안개에 잠겨 있었다. 그 안개는 마치 하람의 내면에 흐르는 혼란과 방황을 투영하고 있는 듯했다. 과거와 현재, 현실과 이상 사이에서 갈피를 잡지 못한 채, 그는 안

갯속을 헤매고 있었다.

'오늘 저녁엔 뭘 하지?'

물을 한 모금 넘기고 뿌연 햇살을 바라보니 갈증이 잊혔다.

'어떻게 소개받은 회사인데, 한 철도 못 넘기고 그만두다니. 네가 정신이 있는 놈이냐, 없는 놈이냐? 대체 어쩔 생각으로 여길 내려온 거야? 이제 더 대줄 돈도 없다.'

아버지의 목소리가 귓가에 맴돌았다. 하람은 영업을 하면서 내내 허상을 팔고 있다는 느낌을 지울 수 없었다. 거래처를 속이고 있다는 죄책감이 들 때가 적잖았다. 그럴 때면 자괴감까지 들어 더 가슴이 짓눌리는 듯했다. 하지만 아버지에게 영업은 평생을 바쳐온 일이자 자부심의 근원이었다. 하람이 일에 회의를 내비칠 때마다 아버지는 기업의 꽃은 영업이라는 신념을 굽히지 않았다. 그 자부심의 깊이를 다 헤아릴 수는 없었지만, 그래도 하람은 받아들이려 애썼다. 가끔은 그 노력조차 공허하게 느껴지기도 했지만. 그마저도 얼마 지나지 않아 바닥나 더는 그곳에 있을 이유가 없어졌다. 보증금 외에는 모아둔 돈도 없고, 연고도 없는 곳에 더 있어봐야 카드론밖에는 답이 없었다. 불편하긴 해도 차라리 본가로 내려가는 게 낫겠다는 결론이 섰다.

보리차를 벌컥벌컥 들이켜고 빈 병을 바닥에 내려놓았다.

아버지의 말이 틀리지는 않았다. 간신히 3.0을 넘기는 학점, 700점 남짓한 토익 성적, 학과 친구들 모두가 가진 2급 자격증 하나. 그것이 하람의 전부였다. 인턴 경험, 해외 탐방, 교환학생, 공모전 입상 경력 한 줄 없는 빈약한 이력서에 작은 건축자재 납품 회사에서 보낸 다섯 달 반의 영업부 직원 경력이 덧붙었을 뿐이었다.

'오늘 저녁엔 뭘 할까?'

엷어진 안개 사이로 햇살이 강하게 쏟아졌다. 하람의 눈이 슬며시 감겼다. 어디선가 벨벳 언더그라운드의 〈선데이 모닝 Sunday Morning〉이 조용히 들려왔다. "Sunday Morning, praise the dawning, It's just a restless feeling by my side……." 하람이 무의식적으로 한 소절을 흥얼거리다가 문득 그것이 전화벨 소리임을 깨닫고 눈을 떴다. 어제 해명으로 내려오는 기차 안에서 다운로드한 벨 소리였다.

'장도영 교수님.'

하람은 회사를 그만둔 것을 가장 먼저 장도영 교수에게 털어놓았다. 언제나 그의 고민을 들어주던 사람이었다. 목소리를 가다듬어 전화를 받으려고 했으나 어젯밤 과음으로 잠겨 갈라져 나왔다.

"너 어제 술 좀 했나 보구나?"

"예, 친구들과 조금요. 죄송합니다. 먼저 인사드리러 갔어야 했는데……."

"별소리를. 괜찮아."

하람이 장 교수를 마지막으로 만난 지 1년이 되어가고 있었다. 졸업식 때 본 뒤로 가끔 이메일을 주고받아 왔지만, 번듯하게 성공한 모습을 보여드리고 싶어서 학교에는 발걸음을 하지 않았다. 그런데 이렇게 인사를 드리게 될 줄이야.

"얼굴이나 보자. 별일 없으면 2시에 내 연구실로 와라."

대학 시절, 하람의 어이없는 질문에도 장도영 교수는 핀잔한 번 준 적이 없었다. 하람은 장 교수를 만나는 것이 싫지는 않았지만 긴장이 되었다. 아버지를 마주할 때와는 반대의 느낌이었다. 미지근한 물로 샤워를 했다. 침대 옆에 널브러져 있는 전 날 입었던 옷가지를 그대로 걸치고 집을 나섰다. 장 교수를 만나 무슨 말을 해야 할지, 뚜렷한 계획도 없이 해명으로 내려온 것을 후회하기 시작했다.

⬫⬫⬫⬫⬫

연구실 문을 두드렸다. 안에서는 장 교수의 활기찬 목소리가 흘러나왔다. 누군가와 영상통화를 하고 있는 것 같았다. 잠시 후 문이 열리고, 장 교수가 나타났다.

"아…… 하람아, 정말 오랜만이다. 어서 와라."

좀 전에 방 안에서 들려오던 활기찬 어조와 달리 장 교수는 다소 당황한 기색으로 하람을 반겼다. 하람은 고개를 푹 숙였다. 어정쩡하게 서 있는 하람에게 장 교수가 다가와 악수를 청했다. 하람이 멋쩍게 손을 내밀자 그는 악수하는 손으로 하람을 끌어당기며 다른 손으로 하람의 어깨를 감싸주었다. 장 교수가 테이블 옆에 놓인 티포트의 전원을 올리는 사이, 하람은 연구실을 둘러봤다. 책장에는 여전히 알록달록한 책들이 가지런히 꽂혀 있었다. 대학 시절 연구실을 찾아가면 장 교수가 책을 빌려주고는 했다. 때때로 그는 전공과 거리가 먼 미학, 심리학, 철학책 등을 권했다. 천장에는 비행기 하나가 매달려 있었다. 라이트형제가 처음으로 비행에 성공한 라이트 플라이어가 가는 실에 매달려, 연구실을 하늘 삼아 날고 있는 모습이었다. 물이 다 끓었는지 티포트가 뿌연 김을 뿜어냈다. 하람이 티포트를 가지러 자리에서 일어나려는데, 장 교수가 먼저 자리에서 일어섰다.

"오랜만에 온 손님인데, 내가 찻물이라도 따라줘야지."

"네, 고맙습니다."

"일이 너하고 잘 안 맞던?"

하람이 생각했던 대로 장 교수는 뜸 들이지 않고 얘기를 꺼냈다. 장 교수는 주변을 빙빙 돌다가 서서히 중심으로 날아드는 대화법을 쓰지 않았다. 하람은 장 교수의 이런 방식이 내심 편했다. 주변을 빙빙 도는 대화는 배려하는 듯해도 때로는 더 고통스럽다. 걸어가다가 모르고 압정을 밟을 때보다 압정을 바라보며 한 발씩 나아갈 때가 더 두렵다. 심하게는, 압정이 있기는 한데 어디쯤에서 밟을지 모른 채 어둠 속을 걸어가는 경우, 이게 가장 두렵다.

"생각했던 것과 비슷했습니다."

"어떤 점이?"

"뭔가를 판다는 것이요. 모르는 사람에게 뭔가를 판다는 게 쉽지 않더라고요."

"모르는 사람에게 팔아서 힘들었던 건가? 네가 생각하는 것과 다른 것을 팔아서 힘들었던 건 아니고?"

"......."

"내가 너무 곤란한 얘기만 늘어놓고 있구나. 오랜만에 만났는데."

장 교수는 머그잔에 뜨거운 물을 한 컵 더 따르고는 티포트를 하람 앞으로 슬며시 밀어주었다. 장 교수는 하람이 어떤 일을 했고, 그 과정에서 무엇을 느꼈는지 다 알고 있었다. 일부 고객은 장 교수가 직접 소개해주기도 했다. 그렇기에 하람이 적응하지 못하고 힘들어하는 상황을 잘 이해하고 있었다. 질문에 뭐라 답을 못 하고 있는데, 잠시 뜸을 들이던 장 교수가 말을 이었다.

"괜찮다면, 나와 같이 일해보지 않을래?"

"교수님 연구 프로젝트 말씀인가요?"

"비슷해. 그런데 학교 안에서 연구로만 하는, 그런 건 아니고."

"그럼 어떤⋯⋯."

"너, 대학 다닐 때 뇌과학, 인공지능, 메타버스, 그런 거에 관심 많았잖아?"

"네, 제가 잘하지는 못했지만, 좋아하기는 했었습니다."

"그렇지, 네가 참 좋아했지. 난 그게 중요하다고 생각한다."

하람은 뭐라 대꾸를 못 하고 우물거렸다. 그런 하람을 바라보던 장 교수가 묘한 미소를 보이며 말을 꺼냈다.

"인류를 행복하게 하는 상품, 인류를 다음 단계로 도약시키는 상품, 우리는 그런 걸 다루고 있어. 그리고 이건 허상이 아니야. 거기에 허상은 없단다."

"⋯⋯."

"하람아, 같이 해보자! 난 널 믿는다. 넌 분명 잘할 수 있을 거야."

장 교수는 양손 끝을 모으고 팔꿈치를 탁자 위에 올린 채, 눈을 크게 뜨고 하람을 뚫어지게 바라보았다. 하람은 물끄러미 장 교수의 얼굴을 마주했다. 그렇게 얼마간의 시간이 지났을까, 장 교수가 몸을 돌려 책상 서랍 안에서 명함 한 장을 꺼내 하람 앞으로 내밀었다.

'조민석 실장. 더 컴퍼니: 한국사무소.'

하람이 명함을 물끄러미 바라보는데 장 교수가 물었다.

"참, 소이는 봤고?"

"아뇨. 아직."

"학교에 취재 왔던 소이를 마주쳤는데, 네 안부를 묻더구나."

하람은 아무 말도 하지 못했다. 하람이 소이를 처음 만난 게 군 제대 후 대학교 3학년 때이니, 알고 지낸 지가 3년이 다 됐다. 선후배로 시작해 연인이 된 두 사람은 같은 해에 졸업했다. 소이는 졸업과 동시에 해명에 있는 지역 신문사의 수습기자로 일을 시작했다. 무언가에 빠져들면 다른 것은 보이지 않는 소이, 무언가에 자신을 끼워 맞춰야 했던 하람. 둘은 자연스레 멀어졌다. 하람이 둘의 관계를 어떻게 해야 할지 몰라 망설이고 있을 때 먼저 연락한 쪽은 소이였다. 소이는 하람에게 다시 편한 사이로 지내자고 말했다. 아주 오래전 일처럼 느껴졌지만 불과 몇 달 전이었다.

"소이는 여전히 씩씩하던데. 이제 제법 기자다운 눈빛이 나오더라."

"예. 소이는 그 일을 참 좋아하는 것 같아요."

"그래. 좋아하는 일을 할 수 있는 건 축복이지."

장 교수는 찻잔의 남은 한 모금을 들이켠 뒤, 뭔가 더 묻고 싶은 게 있는 듯한 하람을 뒤로하고 일어섰다.

"나는 회의가 있어서 이만 나가봐야 하니, 생각이 있으면 그 명함의 연락처로 한번 연락해봐라. 부담 갖지 말고."

래빗홀

"인간은 심연을 못 본 채
바다 위를 항해할 뿐이다."

'조민석 실장. 더 컴퍼니: 한국사무소.'

　명함에는 무엇을 파는 회사이고, 어디 있는 회사인지도 적혀 있지 않았다. 그러나 하람은 아버지가 소개해준 직장을 때려치우고 본가로 내려온 상황을 말하느니, 이직했다고 핑계를 대는 편이 백번 낫다고 생각했다. 게다가 장 교수의 제안이라면 해볼 만하지 않을까 싶었다. 집에서 아버지 눈치를 살필 바에야 그 편이 낫겠다는 생각도 들었다. 하람은 조민석 실장에게 전화를 걸었다. 조 실장은 한 시간 뒤 학교 앞 코스모스 카페에서 보자고 했다.

　코스모스 카페 안은 북적였다. 스무 개 남짓한 테이블엔 대부분 사람이 앉아 있었다. 학기 시작을 앞둔 시기라 학생들과 외부 방문객들로 붐볐다. 계산대 앞에 선 하람은 카페 안을 두리번거렸다. 홀 중앙 쪽에 앉은 남자가 하람을 바라보며 왼손을 들어 올렸다. 하람이 발걸음을 떼지 못하고 잠시 망설이자, 남자는 들어 올린 손으로 자신의 맞은편 자리를 가리켰다.

"안녕하세요? 김하람입니다."

"네. 반갑습니다."

남자는 의자에 등을 기대어 앉은 채 하람에게 왼손을 내밀었다. 하람은 습관적으로 오른손을 내밀려다가 다시 왼손을 내밀었다. 남자는 하람의 왼손을 살짝 쥐고 가볍게 악수했다.

"면접, 인터뷰라고 하지만 사실 뭐 대단할 건 없습니다. 이미 장 교수님 통해서 다 결정된 사안이어서요."

"네? 다 결정됐다고요?"

"우수한 인재가 연락을 할 거라고 했습니다. 자세한 건 잠시 후에 고객이 오니까, 옆에서 지켜보면 이해가 될 겁니다."

"잠깐만요, 지금 고객이 온다고요?"

"네, 나를 만나러 고객이 두 분 오십니다."

조 실장은 엷은 미소를 지었다.

"그런데 고객이 오시는데 제가 여기 있어도 되나요? 그리고 영업 일이란 것은 들었는데, 어떤 걸 영업하는 거죠? 또 회사는…….."

"고객은 함께 만나면 됩니다. 고객을 함께 만나보면 어떤 상품을 파는지 알게 될 겁니다. 그런 다음에 일을 할지 말지 결정하면 됩니다. 나는 주로 국내 고객을 상대로 기억 관련 상품군을 다룹니다. 내 얘기가 정신없이 들리겠네요. 그렇죠?"

"네, 좀. 그런데 회사 이름은 뭔가요? 위치는 어떻게 되지요?"

"회사 이름이라, 글쎄요. 편의상 더 컴퍼니The Company라고 부르기도 합니다만……."

"편의상이요?"

"네, 정확히는 회사 이름이 없다고 해야겠죠. 별도로 본사, 사무실 위치도 없고요. 하람 씨가 일하게 될 공간이라면 주로 여기 카페 코스모스라고 생각하면 됩니다."

"네? 사업장이 별도로 없고 여기서만 일한다고요?"

"사업장이 없지는 않습니다. 여기는 고객들을 만나는 공간이고, 상품은 별도의 특정되지 않는 공간에서 고객에게 제공됩니다. 이해가 더 안 되지요?"

"네. 좀 뒤죽박죽이네요. 그런데 저에 관해서는 물어보시지 않아도 되나요?"

"하람 씨에 관한 정보는 회사 측에서 대부분 이미 다 알아봤습니다."

"네? 저에 관해서 다 알아보셨다는 게……."

"불쾌하더라도 이해 바랍니다. 하람 씨가 이런저런 서류를 카피해서 내고, 자기소개서를 쓰고, 몇 시간 동안 지루하게 면접 보는 노력을 우리 측에서 대신해줬다고 생각해주면 좋겠군요. 우리는 하람 씨와 함께 일하고 싶습니다. 당분간은 나와 함께, 정확하게는 내가 일하는 모습을 보면서 일을 익혀나가는 일종의 인턴 기간을 보내게 될 겁니다."

"좀 당황스럽네요."

"이해합니다. 한 가지만 약속해주면 됩니다."

"뭘 말씀이시죠?"

"고객을 함께 만나본 후에 혹시라도 이 일을 원하지 않으면, 오늘 나를 만나고 고객을 만났던 모든 기억을 지워야 합니다. 동의합니까?"

"네. 어디 가서도 말하지 않겠습니다."

"좋습니다. 정확히는 말하지 못하는 겁니다만."

"네?"

"내 이름은 알죠? 조민석입니다."

조 실장은 주머니에서 지포 라이터를 꺼내 테이블 중앙에 내려놓았다. 조 실장은 빙긋 웃으며 낮은 목소리로 말했다.

"나, 담배는 못 피웁니다. 이제는……."

하람이 무슨 뜻이냐는 표정으로 조 실장을 쳐다보고 있는데 어느새 낯선 남자 둘이 다가와 말을 걸었다.

"조민석 실장님, 맞으신가요?"

상품:

조작몽 동반 안락사 #1

"우리는 서로의 기억 속에서
살아간다."

조 실장이 일어나 손짓으로 자리를 권했다. 두 남자가 맞은 편으로 가서 의자를 끌어냈다. 남자들이 자리에 앉기 전에 조 실장은 오른손으로 악수를 청했다. 그는 두 남자의 손을 번갈 아 꼭 쥐었다.

"아빠가 만나보자고 해서 나왔지만, 나는 아직도 이상해요."

두 남자 중에 하람보다 서너 살 정도 많아 보이는 남자가 자리에 앉자마자 말을 꺼냈다. 옆자리에 앉은 중년 남자가 젊 은 남자의 왼팔을 슬며시 누르며 말을 막았다.

"아니래도. 정말이라니까."

"아빠는 가만있어 보세요."

"먼저 음료라도 주문하시고 얘기를 계속하실까요?"

조 실장이 두 남자의 대화를 막았다. 젊은 남자가 마뜩잖은 표정으로 자리에서 일어섰다.

"아빠, 콜라 드실 거죠?"

남자는 성큼성큼 계산대로 가서 콜라 두 잔을 들고 돌아왔다. 그동안 중년 남자는 웅크린 자세로 테이블과 조 실장의 얼굴을 조심스레 번갈아 쳐다보았다. 젊은 남자는 콜라 잔을 테이블에 내려놓자마자 빨대를 치워버리고 잔을 입에 댄 채 벌컥거리며 반 가까이 비웠다. 젊은 남자가 뭐라 말을 꺼내려는데 중년 남자가 먼저 입을 열었다.

"그런데 그런 얘기를 이런 데서 해도 되나요?"

중년 남자는 여전히 웅크린 자세로 주변을 조심스레 돌아보며 물었다.

"걱정 안 하셔도 됩니다. 여기에 있는 이 장치가 우리가 나누는 대화를 반경 1미터 밖으로 새어 나가지 않게 막아줄 겁니다."

조 실장이 오른손으로 테이블 중앙에 올려둔 지포 라이터를 가리키자 젊은 남자가 소리 없는 비웃음을 보냈다. 중년 남자가 지포 라이터를 보며 뭐라 말을 꺼내려는데 젊은 남자가 입을 열었다.

"우리가 뭐 죄지은 것도 아니고, 됐어요. 들리건 말건. 아빠를 통해서 듣기는 했는데, 그쪽에서 다시 설명해봐요. 뭐가 어떻게 된다는 건지."

"아버님으로부터 설명을 들으셨다면, 그대로입니다. 어머님께서는 남은 삶을 매우 행복하게 보내시고, 편안하게 눈을 감으시게 됩니다. 서비스에 걸리는 시간은 대략 여섯 시간입니다."

"거봐요. 이게 말이 돼요? 무슨 여섯 시간 동안 엄마가 못 이룬 꿈을 다 이루고, 무슨. 아빠는 참 어디서 이런 얘기를 듣고……."

"잠깐만, 동석아. 마저 들어보자."

조 실장은 유리잔을 들어 레모네이드를 한 모금 넘겼다.

"작은 아드님의 반응은 충분히 이해합니다. 저희 상품을 처음부터 이해하고 믿어주는 고객은 저도 본 적이 없습니다. 먼저 저희가 알고 있는 내용부터 정리해서 말씀드리겠습니다. 전민구 씨의 배우자이신 노신자 씨는 간암 말기이십니다. 병원 진단에 따르면, 치료할 수도 없고, 생존 가능 기간은 석 달 남짓입니다. 전민구 씨는 일용직 노동을 하고 계시고, 두 명의 아드님이 있습니다. 큰아들인 전동호 씨는 도박 중독으로 정선 카지노를 못 떠나고 있고, 작은아들인 전동석 씨는 5년째 9급 공무원 시험을 준비 중입니다."

얘기를 듣고 있던 젊은 남자, 전동석의 얼굴이 붉어지며 뭐라 말을 꺼내려는데, 그의 아버지가 한 손으로 어깨를 잡으며 눈빛으로 만류했다.

"아버님의 오랜 알코올 중독으로 가족분들의 고생이 많았던 것으로 압니다. 어머님은 앓아눕기 1년 전까지 공장 급식소에서 일하셨고요. 큰 아드님이 도박으로 날린 돈, 작은 아드님의 시험 준비에 들어간 돈을 메꾸느라 현재 거주 중이신 다세대주택 전세금 3000만 원이 가족의 전 재산이군요."

조 실장은 당사자들을 눈앞에 앉혀둔 채 마치 다른 사람의 이야기를 하듯이 태연스럽게 말을 이어갔다.

"아버님은 알코올 중독에서 벗어나셔서 괜찮지만, 큰 아드님은 도박 중독에서 헤어날 가능성이 별로 없어 보입니다. 작은 아드님도 준비 중인 시험을 통과하기가 어려워 보이고요."

"뭐요? 지금 뭐라고 하는 겁니까?"

전동석이 주먹으로 탁자를 내려치며 고함을 쳤다. 하람은 순간 다른 테이블의 사람들을 의식하며 주변을 둘러보았지만 아무도 이쪽을 쳐다보지 않았다.

"불쾌하셨다면, 이해합니다. 그런데 혹시 제 말 중에 사실과 다른 부분이 있다면 말씀해주시면 좋겠군요."

"동석아, 마저 들어보자."

"전민구 씨는 사모님이 행복하게 삶을 마감하길 원하고 계십니다. 저희가 바로 그 부분을……."

"당신들이 뭘로 엄마를 행복하게 해준다는 겁니까?"

전동석이 조 실장의 말을 끊고 끼어들었다.

"당신 말대로 찢어지게 가난한 집안에 형이란 인간은 도박 중독이고, 아빠는 하루하루 일거리를 걱정하는 입장인데, 여기서 뭔 행복을 따져요?"

"전동석 씨가 얘기한 상황이 뒤집어지면 어머님이 행복해지시지 않겠습니까? 아버지는 번듯한 직장을 갖고, 큰 아드님은 도박 중독에서 벗어나고, 작은 아드님은 공무원 시험에 합격하고, 그러면 되겠지요."

"뭐요! 지금 장난합니까?"

"동석아, 아니래도. 나랑 같이 일하는 박 씨가 그랬다니까. 확실하다고……."

"아니, 아빠는 그런 사람 말을 뭘 믿어요? 평생 노가다판에서 굴러먹은 사람 이야기를."

전민구는 붉게 굳어진 얼굴을 떨궜다. 전동석도 더 뭐라 말하지 않고 반대편으로 고개를 돌려버렸다. 조 실장은 두 사람의 행동에 개의치 않고 말을 이어갔다.

"실제로 아버님이 번듯한 직장을 갖고, 큰 아드님이 도박 중독을 고치고, 작은 아드님이 공무원이 되고, 그런 것들은 가족분들이 알아서 하실 일이죠. 저희는 그저 어머님께서 임종 전에 그렇게 된 상황을 경험하도록 만들어드릴 뿐입니다."

"아니, 그러니까요. 엄마가 이제 석 달도 채 안 남았다고 하는데, 그 전에 뭐가 어떻게 된다는 건지…….”

전동석이 조금은 누그러진 어조로 말을 꺼냈다.

“어머님은 아주 긴 꿈을 꾸시게 됩니다. 꿈이긴 하지만 본인은 절대 꿈이라고 느낄 수 없는 그저 실제인 꿈입니다. 어머니가 바라는 행복은 그 꿈속에서 모두 이루어지게 됩니다. 저희 측에서 준비한 시나리오는 대략 이렇습니다. 먼저, 아버님은 그동안 하셨던 일에서 기술을 인정받아 유명한 건설회사의 기능직 정직원으로 취업하십니다. 큰 아드님은 그간 도박에서 날린 돈을 거의 회복하고, 도박을 청산합니다. 그리고 서울로 돌아와 자동차 세일즈를 시작합니다. 나중에 판매왕도 되고요. 작은 아드님은 공무원 시험에 합격해, 집에서 멀지 않은 지역에 자리를 잡습니다. 또 어머님은 병세가 급격히 호전되어서 이전의 생활을 거의 누릴 수 있게 됩니다.”

“근데 그게 꿈이란 걸 어떻게 모르죠?”

“꿈에서 깨어나지 않기 때문입니다.”

전동석이 끼어들었다.

“꿈에서 안 깬다는 게 무슨 뜻이죠?”

“아버님께서 아드님에게 그 부분을 말씀 안 드렸나 보군요.”

“네. 그건…….”

전민구는 작은아들의 눈치를 살피며 말을 흐렸다.

"어머님이 가족과 함께 꼭 가보고 싶다고 한 곳이 있었는데, 전동석 씨는 알고 있습니까?"

전동석이 아버지를 바라보며 잠시 머뭇거리는데, 전민구가 대신 대답했다.

"하와이 여행을 함께 가고 싶어 했습니다."

전동석은 여전히 아무것도 모르는 눈치였다.

"병원에서 암 진단받기 몇 달 전일 겁니다. 연예인들이 하와이에 여행 가는 프로를 보다가 그러더라고요. 저런 천국 같은 데에 우리 식구 모두 놀러 가면 참 좋겠다고."

"엄마도 참, 그런 게 뭐 대단하다고."

"어머님이 달력에 있던 하와이 사진을 오려서 부엌 선반 안에 붙여두셨더군요. 뭐, 암 진단 전이지만."

"그 사람이 며칠 전에 그러더라고요. 나중에라도 아이들과 꼭 가보라고."

"그래서 어머님 꿈의 마지막은 하와이로 설정했습니다. 하와이에서 가족들과 즐겁게 지내시고, 해변가 선베드에 누워 석양을 바라보다가 슬며시 잠이 드실 겁니다. 잠이 드심과 동시에 뇌 활동을 정지시키려고 합니다."

고개를 살짝 숙인 채 조 실장의 얘기를 듣던 전동석이 눈을 부릅떴다.

"뭐요? 뇌 활동 정지? 그럼 우리 엄마를 안락사라도 시킨다는 겁니까?"

"맞습니다. 어머님은 평상시처럼 잠자리에 들고, 그 상태 그대로 저희 측에서 계획한 시나리오에 맞게 꿈이 유도됩니다. 그리고 꿈속에서의 여행을 마지막으로 안락사하십니다. 따라서 끝까지 꿈이라고 느끼지 못하십니다. 사실 일반적으로 꾸는 꿈과는 좀 다르긴 합니다. 앞서 여섯 시간 정도가 소요된다고 했는데, 가족분들의 꼬인 삶이 정상으로 돌아오고 여행도 가고 이런 긴 이야기를 풀어가려면, 아무리 꿈이라고 해도 앞뒤가 맞게 돌아가야 하니까 그 정도의 시간이 필요합니다. 꿈속에서 어머님이 경험하는 시간은 대략 1년 정도가 됩니다."

"그 정도면 좋습니다. 실장님께서 얘기해주신 시나리오라는 것도 맘에 들고요."

"그게 뭐가 좋아요? 안락사라니."

"꼬인 현실 속에서의 고통을 석 달간 더 겪으시든가, 아니면 제가 설명한 방법을 택하시든가, 그건 가족분들이 선택하실 몫입니다."

"그게 진짜도 아니고 그런 가짜로 엄마를 속이겠다고……."

"진짜 고통이 좋은지, 아니면 가짜 행복이 좋은지, 이 역시 제가 선택해드릴 수 있는 문제는 아닙니다."

부자는 한동안 말이 없었다.

"아버님은 이미 저희 서비스를 받기로 동의하셨습니다. 큰 아드님은 연락도 잘 안되고, 그래서 작은 아드님에게 동의를 받고 싶어 하십니다."

"그런 말도 안 되는 걸 어떻게 동의해요!"

"말이 안 된다고요, 좋습니다. 말이 안 되는 게 제가 설명해 드린 시나리오입니까? 안락사입니까? 가짜 행복이 문제인가 요? 아니면 그게 꿈이라는 걸 어머님이 절대 모른다는 게 문 제인가요? 시나리오는 그 정도면 충분히 만족하시리라 생각 합니다. 안락사, 가짜 행복, 이런 문제는 제가 덧붙일 말이 없 습니다."

조 실장은 두 남자에게 상품에 관해 더 자세히 설명했다. 마지막 꿈을 꾸기 전, 노신자 씨는 BCI 장치를 머리에 착용한 다. 인간의 뇌와 컴퓨터를 직접 연결하는 기계인 BCI 장치는 수백 개의 미세 전극으로 이루어져 있어, 뇌의 특정 영역에서 발생하는 전기 신호를 감지하고 자극할 수 있다.

"이 BCI 장치가 바로 꿈의 내용을 제어하는 열쇠입니다. 저 희가 보유한 인공지능 시스템인 발할라가 이 장치를 통해 꿈 을 설계하고 구현합니다. 발할라는 인간의 기억과 감정을 정교하게 시뮬레이션할 수 있습니다. 노신자 씨의 뇌 활동을 실시간으로 분석해가면서 가장 이상적인 꿈을 만들어낼 겁니다. 발할라는 단순히 꿈의 스토리를 짜내는 것을 넘어, 뇌의 감정 조절까지 관여합니다. 마치 아이가 엄마 품에 안겨 잠들 듯이 편안하고 행복한 기분을 느끼게 되는 거죠."

전민구는 아들의 눈치를 살폈다. 전동석이 조 실장의 눈을 똑바로 바라보며 말을 꺼냈다.

"꿈인지 모른다는 걸 증명할 수 있습니까?"

"증명 방법을 미리 말씀드릴 수는 없습니다만, 조만간 전동석 씨 스스로 완벽하게 믿게 될 겁니다. 지금 당장 믿어달라는 의미가 아닙니다. 전동석 씨 스스로 그 부분을 믿게 되면 아버님과 다시 상의해서 저희에게 연락을 주시면 됩니다."

전동석이 말을 못 꺼내고 머뭇거리자 전민구가 슬며시 아들의 손을 잡았다.

"그래, 동석아. 네가 못 믿겠고 동의하지 않으면 나도 그렇게 못 해. 우리 집에 가서 다시 얘기해보자."

부자는 조 실장과 간단히 인사를 나누었다. 하람이 이제껏 한마디도 안 해서 그런지 하람에게는 인사를 건네지 않았다. 다만 전민구만이 하람에게 구부정한 모습으로 눈인사를 보냈다. 부자가 카페 문을 벗어나자 조 실장이 하람에게 말을 걸었다.

"궁금한 게 있으면 뭐든지 물어봐도 좋습니다. 다만 대답을 다 듣지는 못할 겁니다. 대답할 수 없는 것도 있고, 해선 안 되는 것도 있고, 그렇습니다."

잠시 머뭇거리던 하람이 입을 열었다.

"안락사, 그거 불법 아닌가요?"

"불법 맞아요. 전 세계 거의 모든 나라에서 불법이라고 보면 됩니다."

"그런데 어떻게 그런 걸 그리 태연하게……."

"우리가 다루는 모든 상품에는 불법적인 면이 있습니다. 이번 상품에서는 안락사가 불법입니다. 게다가 당사자의 의사를 묻지 않는 안락사죠. 가족의 동의로만 안락사 여부를 결정하게 됩니다."

"당사자가 의식이 있는데도 동의 없이 안락사한다면, 그건 살인에 가깝지 않나요?"

"하람 씨 말대로 살인에 가깝습니다. 그런데 목적으로 치면, 하람 씨가 언급한 통상적인 살인과 완전히 다르지요. 당사자의 이해와 대립하지 않는, 그러니까 당사자의 이해를 위한 살인이죠."

"아무리 그래도……."

"나는 우리 상품, 우리가 판매하는 상품이 모든 사람에게 적합하다고 생각하지는 않습니다. 그러나 전민구 씨 가족의 경우, 개인적으로 괜찮은 상품이라고 생각합니다. 물론 전민구 씨 가족에게 강권할 생각은 없습니다. 지금이라도 전민구 씨로부터 연락이 와서 상품을 구매하지 않겠다고 하면, 나는 어떤 말도 덧붙일 생각이 없습니다. 어떻게 보면 고객의 선택을 존중하는 게 아니라, 무책임하다고 여길 수도 있겠네요."

"……."

"별 대답이 없는 걸 보니, 그렇게 생각하나 보군요. 더 궁금한 건 없어요?"

"노신자 씨가 경험하게 된다는 마지막 삶, 그건 누가 결정한 거죠? 아까 실장님께서 얘기하신 그 시나리오를 누가 만든 건가 해서요."

"기술적으로는 발할라가 준비합니다. 물론, 우리가 기본적인 틀을 제시하기는 하지만요."

"발할라, 아까 얘기하셨던 그 인공지능 말씀이죠?"

"네, 발할라는 우리 서비스, 기술을 뒷받침해주는 거대한 인공지능 기계라고 생각하면 됩니다."

"……."

"인공지능이 누군가의 삶에서 마지막 이야기를 채워주는 게 못마땅한가 보네요. 답답한데 밖에 나가서 바람 좀 쐴까요?"

조 실장은 하람이 대답을 하기도 전에 테이블 위에 올려둔 라이터를 집어 주머니에 넣고는 자리에서 일어섰다. 조 실장이 서너 걸음 멀어진 후에야 하람은 어정쩡하게 자리에서 일어섰다. 조 실장은 카페에서 멀지 않은 연못을 향해 앞서 걸어갔다. 하람은 조 실장의 발뒤꿈치를 바라보며 묵묵히 따라갔다. 조 실장은 연못 앞의 한 벤치에 앉았다. 양 무릎에 팔꿈치를 올리고 두 손을 모아 그 위에 턱을 살며시 올린 채 아직 서늘한 기운이 느껴지는 연못 중앙을 바라보고 있었다. 하람은 별말 없이 조 실장 곁에 앉았다.

"이 연못이 어느 정도 깊은지 압니까?"

"네?"

"들어가본 적은 없지요?"

"네. 그런 적은 없습니다."

"얼마나 깊을까요?"

"대략 무릎에서 허리 높이 정도 오지 않을까요?"

"왜 그렇게 생각하죠?"

"그야 뭐 대학 캠퍼스 안에 인공적으로 만든 것이고, 안전 문제도 있고, 굳이 깊게 만들 필요도 없으니, 그 정도면 되지 않을까요?"

"그럼, 하람 씨가 얘기한, 무릎에서 허리까지의 깊이, 그게 맞을 확률이 몇 퍼센트 정도라고 생각합니까? 하람 씨가 자신의 짐작을 어느 정도 확신하나 해서요."

"글쎄요. 90퍼센트 이상? 뭐, 95에서 98퍼센트 정도는 될 듯하네요."

"그럼, 100퍼센트는 아닌가요?"

"……."

"이런 상품을 판매하는 회사가 있으리라곤 생각 못 해봤죠?"

"네."

"그럼, 이런 상품을 판매하는 회사가 없을 확률은 몇 퍼센트라고 봅니까?"

조 실장은 하람과 대화를 나누면서도 계속 연못의 중앙만을 바라봤다. 조 실장의 표정에서는 아무런 감정 변화도 나타나지 않았다.

"사기라는 생각은 안 드나요?"

"좀 이상한 부분이 많지만……."

"대학 시절, 장 교수님으로부터 뇌-컴퓨터 연결, 메타버스, 인공지능, 뭐 이런 것들을 배우고 신기한 프로젝트를 많이 경험했으니, 그 연장선에서 어느 정도 수긍하는 면이 있겠군요."

"네, 그렇기는 합니다. 교수님께서 수업에서 다루시는 주제가 때로는 다른 세상 얘기 같았거든요. 한때는 그게 제가 바라던 미래처럼 느껴지기도 했었죠."

"그리고 또 오늘 저를 만난 게 장 교수님께서 추천해주신 일이니, 일단 잠자코 있었다고 생각합니다."

하람이 머뭇거리는 사이 조 실장이 다시 말을 꺼내려는데, 하람이 입을 뗐다.

"잘 모르겠습니다. 이상한 부분도 있지만, 믿어지기는 합니다. 그런데 저도 제가 이걸 왜 믿고 있는지 잘 모르겠네요."

조 실장은 하람을 바라봤다. 표정에 옅은 미소가 담겨 있었다.

"하람 씨가 왜 믿는지 천천히 생각해보면 좋겠군요. 꽤 중요한 부분입니다. 뭐 다른 거 물어볼 건 없나요?"

"아까 그 작은아들이란 사람에게는 어떻게 증명하실 계획이죠?"

"가장 확실한 방법이 뭐가 있을까요?"

"혹시, 그 작은아들이 직접 체험해보기라도 하나요?"

"맞습니다. 정확합니다."

"네?"

"걱정할 필요는 없습니다. 그 아들을 안락사시키지는 않으니까요."

"네. 다행이네요."

하람은 다행이라는 말을 내뱉고는 스스로 바보 같은 말을 했다는 생각이 들었다.

"사실 그 반대죠. 본인에게는 어쩌면 안락사보다 더 잔인할 수 있습니다."

"왜 그렇죠?"

"전동석 씨는 며칠 내로 우리 상품을 체험해보게 됩니다. 아버지인 전민구 씨가 동행할 겁니다. 상품 체험의 첫 단계는 수면 유도입니다. 실제로는 수면 유도가 잘되겠지만, 전동석 씨는 수면 유도에 실패해서 집으로 돌아가는 걸로 느끼게 됩니다."

"그게, 무슨 말인가요?"

"수면 유도에 실패해서 집으로 돌아가는 상황부터가 꿈의 시작입니다. 물론 본인은 수면 유도가 실패했다고 생각할 것이고, 당연히 아버지에게 우리 상품을 구매하지 말자고 얘기하겠죠. 물론 이러한 결정도 다 꿈입니다. 전동석 씨의 경우도 꿈에서 대략 1년 정도의 삶을 경험하게 됩니다. 먼저 어머니의 병이 점점 호전됩니다. 그 뒤에 전동석 씨는 공무원 시험에 합격하게 되고, 일을 시작하자마자 엄청난 실적을 올려 언론에 이름도 알리고, 특별 진급도 합니다. 게다가 이상형에 가까운 배우자를 만나서 결혼도 준비하게 됩니다. 이 정도 시나리오면 충분히 좋아하겠지요?"

"네. 그렇겠네요. 그런데 이야기의 끝은 어떻게 되나요?"

"그 부분이 중요하죠. 결혼식 당일, 식장에 입장하기 전에 꿈에서 깹니다."

"갑자기 거기서 그냥 깨어나나요?"

"정확하게는 우리 측에서 강제로 깨어나게 할 겁니다. 처음 꿈에 빠져들 때는 꿈이 시작된다는 사실을 자각하지 못하지만 꿈에서 깨어나는 순간, 잠시 어리둥절하겠지만 곧 깨닫게 되죠. 본인이 경험한 것들이 다 꿈인 것을. 때에 따라서는 꿈에서 깬 뒤에도 꿈속 내용을 현실로 잠시 착각하는 경우가 있지만, 수면 유도 과정부터 다시 되짚어주면 금세 인정하게 됩니다. 아들이 잠자다가 일어나는 모습을 전민구 씨가 계속 보고 있을 테니, 더 확실하게 설명이 되겠지요."

"어떻게 그런……."

"좀 잔인하죠?"

"왜 굳이 그렇게……."

"나쁜 꿈을 꾸다가 깨어나서 행복한 현실이나 그나마 꿈보다는 덜 나쁜 현실로 돌아오는 경우, 아니면 행복한 꿈을 꾸다가 깨어나서 불행한 현실로 돌아오는 경우, 이 중에서 어느

게 더 잔인할까요? 후자가 더 잔인하게 보일 수도 있겠지만, 내 생각은 좀 다릅니다. 현실도 고통인데, 현실보다 더한 지옥을 굳이 꿈에서 경험할 필요가 있을까요?"

"그런데 왜 굳이 결혼식장에서 깨어나게 하나요?"

"어차피 끝없이 이어질 수 있는 꿈은 아니잖아요. 안락사를 시킬 수도 없고. 이 정도면 작은아들도 우리 상품이 진짜라는 걸 완전히 이해하게 되겠죠. 난 전동석 씨가 꾸게 될 꿈이 잔인하지만은 않다고 생각합니다."

"성공의 단맛을 미리 맛보게 해준다는 뜻인가요?"

조 실장은 대답 대신 실눈을 뜨고 하늘을 바라봤다. 하람은 조 실장의 얼굴을 잠시 쳐다보다가 연못의 중앙을 향해 고개를 돌렸다.

"일단은 일을 해보기로 결심한 겁니까?"

"네. 그렇다기보다는 당분간 좀 더 생각해보고 싶습니다."

"더 물어볼 것은 없습니까? 회사 규모가 어느 정도인지, 매출은 어떤지, 급여는 얼마인지 궁금하지 않나요?"

"궁금하긴 합니다. 그런데 그보다, 아까 그 상품의 가격은 얼마인 거죠?"

조 실장은 고개를 돌려 무표정한 얼굴로 하람의 눈을 바라봤다.

"이번 경우에는 300만 원입니다."

"300만 원이요?"

"비싸게 느껴집니까?"

"글쎄요. 꼭 그렇지는 않습니다. 잘은 모르지만, 꽤 어려운 기술이고, 또 안락사라는 부분도 있으니."

조 실장은 하람의 대답을 듣고는 다시 고개를 돌려 연못을 바라보며 살며시 미소를 지었다.

"300만 원. 우리 서비스를 받지 않은 채, 간암 말기의 남은 석 달을 보내는 데 필요한 비용입니다. 즉 전민구 씨가 아내를 위해 남은 석 달간 기본적인, 최소한의 의료 서비스를 위해 지출할 비용이 300만 원이란 뜻입니다. 우리는 정확히 그 금액만큼만 상품 대금으로 받습니다."

"그렇게 되는 거군요. 그러면 그 금액이란 게, 구매하는 사람마다 달라지나요?"

"우리가 제공하는 상품의 원가는 물론 300만 원보다 훨씬 높지만 원가를 기준으로 가격을 책정하지는 않습니다. 고객의 상황에 따라서 가격을 정합니다. 전민구 씨의 경우는 300만 원이지만, 10원에 판매한 적도 있고, 10억 원에 판매한 적도 있습니다."

"10억 원이요? 그렇게나 많이……."

"남은 삶이 숫자로, 그것도 매우 작은 숫자로 정리되는 순간, 은행에 쌓아둔 돈은 무의미한 숫자에 불과하게 되죠. 회사의 규모나 매출은 하람 씨가 걱정하지 않아도 될 수준이라는 정도만 말씀드리겠습니다. 급여는 대략 하람 씨 주변에서 대기업을 다니는 친구들이 받는 평균 연봉 정도로 생각하면 됩니다. 그렇게 책정해서 지급할 겁니다."

"그런데요. 한 가지 더 여쭤봐도 될까요?"

조 실장은 대답 대신 하람의 얼굴을 물끄러미 바라보며 고개를 끄덕이고는 다시 연못으로 시선을 옮겼다.

"아까 그분의 아내분은 정말 행복하게 눈을 감게 되는 건가요?"

"수면 유도 후 경험하는 스토리와 마지막 정리는 이미 다 들으셨잖아요?"

"그게 아니라 아까 하신 말씀 중에 진짜 고통, 가짜 행복, 이런 말을 하셨는데, 가짜라면 그게 행복이라고 할 수 있나 해서요."

조 실장은 꾹 다문 한쪽 입꼬리를 살짝 올린 채 하람을 바라봤다. 하람은 고개를 숙이고는 한 발로 흙을 뒤적거렸다.

"카페에서 마신 오렌지 주스 어땠습니까?"

"네? 달고 시원하고 새콤하던데요."

"오렌지 맛은 확실했습니까?"

"네."

"그런가요? 그럼 오렌지가 들어 있어서 오렌지 맛이 났을까요?"

"오렌지 말고 설탕이나 다른 감미료가 들어갔겠지만……."

"합성 착향료. 하람 씨가 느낀 오렌지 맛은 사실 합성 착향료죠. 석유에서 만들어진. 그 주스에 담긴 얼마 안 되는 오렌지만으로 그 맛이 나지는 않지요. 내가 마셨던 레모네이드에도 레몬 맛 합성 착향료가 들어 있습니다. 물론 레몬도 들어 있겠지만, 주된 맛은 그거죠. 합성 착향료 맛에 만족할지는 내가 뭐라고 결정할 수 없는 부분입니다."

조 실장의 말에 하람은 별다른 대꾸를 하지 못하고 머뭇거렸다. 하람의 전화벨이 정적을 깨며 울렸다. 지금쯤 술자리 친구들을 통해 하람이 해명에 왔다는 소식을 전해 들었을 소이의 전화였다. 하람은 무음 버튼을 누른 뒤 휴대폰을 주머니에 다시 넣고, 조 실장의 이야기를 기다렸다.

"여자 친구? 아니 이제 친구인가. 정소이 씨인가 보군요."

"소이를 어떻게 아시죠?"

"카페에서 설명한 대로입니다. 우리는 하람 씨의 많은 부분을 살펴봤습니다. 정소이 씨의 존재도 잘 알고 있습니다. 불필요한 부분까지 조사하고 알려는 의도는 없습니다. 다만, 우리가 다루는 상품의 특성상 여러모로 많이 살펴보기는 합니다."

"그렇군요……."

"그럼 다음에 만날 때까지 이걸 살펴보세요."

조 실장은 하람에게 A4 용지 크기의 서류철을 하나 건넸다. 검은색 표지 위에 하얀 글씨로 작게 제목이 붙어 있었다.

상품: 조작몽 동반 안락사

고객: 김시우

의뢰인: 아버지 김동훈

"다음번에 만날 의뢰인과 고객에 관한 자료입니다. 미리 생각해보면 좋겠네요."

"뭘 생각하면 되죠?"

"자료를 살펴보고 그의 삶에 관해 생각해보세요. 마치 하람 씨의 삶인 것처럼. 어떻게 살아왔는지, 어떻게 마무리하면 좋을지……. 전화로 연락하죠. 며칠 뒤에 오늘처럼 코스모스 카페에서 보면 됩니다. 이만 가보겠습니다."

하람은 조 실장이 건네준 파일을 멍하니 들여다보았다. 그 파일에는 무엇이 담겨 있을까. 미래에 대한 실마리? 아니면 또 다른 막막함? 조 실장은 잠시 하람을 바라보다가 아무 말 없이 몸을 돌려 걸음을 옮겼다. 하람은 학생들 사이로 점점 멀어져가는 검은 양복 차림의 뒷모습을 바라보다가, 다시금 연못 한가운데로 시선을 돌렸다. 아직 열어보지 않은 파일을 꼭 쥔 채. 잔잔한 수면 위로 봄볕이 부서지고 있었다. 그 속에 비친 하람의 얼굴이 흔들리고 일렁거렸다. 마치 정처 없이 떠도는 표류목 같았다.

전민구와 노신자

"진실을 마주할 용기가 없다면,
영원히 과거의 그림자에 갇혀야 한다."

27년 전, 바람이 매섭게 불어대는 어느 겨울밤이었다. 콘크리트 타설을 서두르기 위해 밤늦게까지 굉음을 내며 돌아가는 작업 현장. 술에 취해 비틀거리던 전민구는 7층 건물 외벽에 설치된 좁다란 발판 위로 올라섰다. 난간도 제대로 갖춰지지 않은 위태로운 곳이었다.

"민구야, 위험해. 이리 내려와!"

동료 김민식이 그를 말리며 다가왔다. 전민구는 자신을 붙잡아주려는 김민식을 밀쳐냈다. 그 순간 김민식은 균형을 잃고 난간 밖으로 미끄러졌다. 그대로 콘크리트 바닥에 곤두박질쳤다. 쿵 하는 무거운 소리가 울렸다. 전민구는 난간 아래를 내려다봤다. 바닥에는 피가 흥건했다. 그가 할 수 있는 일은 도망치는 것뿐이었다. 공사장 입구에 서 있던 전봇대 뒤에 몸을 숨겼다. 김민식을 싣고 가는 구급차를 멍하니 바라보기만 했다.

전민구는 그 사실을 끝내 누구에게도 털어놓지 않았다. 회사에서는 김민식이 안전 고리를 채우지 않아 벌어진 사고라고 결론을 내렸다. 야간에 홀로 작업을 하다 실족사한 것으로 처리되었다. 전민구는 사고 이후 밤마다 악몽에 시달렸다. 꿈 속에서 그는 선혈이 낭자한 얼굴로 자신을 원망하는 김민식을 마주해야만 했다.

괴로움에 짓눌린 전민구는 김민식의 가족에게 속죄하기로 결심했다. 김민식에게는 아내 노신자와 갓 세 살, 한 살 난 두 아들 김동호, 김동석이 있었다. 이들을 외면할 수 없었던 전민구는 그들에게 조심스럽게 다가갔다. 생계가 막막한 노신자에게 일자리를 주선했고, 아이들에게 장난감과 옷가지를 선물했다. 처음에는 마음의 문을 열지 않던 노신자도 점차 전민구의 도움에 마음을 열어갔다. 지독한 외로움에 휩싸여 있던 그녀에게 그의 존재는 의지할 언덕이 되어주었다. 자신을 비롯해 아이들까지 보살펴주는 전민구의 모습에 고마움이 깊어졌다. 고마움이 깊어질수록 그 마음은 다른 곳으로 번져갔다. 전민구 역시 세 모자를 향한 책임감과 연민이 깊은 애정으로 변해가고 있었다. 그들의 남편, 아버지가 되어 평생을 함께하고자 했다. 노신자도 그런 전민구의 마음을 받아주었다.

전민구는 이 가족에게 자신의 모든 것을 쏟아부었다. 노신자가 편히 살 수 있도록, 아이들이 부족함 없이 자랄 수 있도록 밤낮으로 일했다. 하지만 한편으로, 시간이 흐르며 아이들이 자라날수록 그의 죄책감도 깊어졌다. 이들에게 자신의 죄를 고백해야 한다는 생각이 불현듯 피어올랐다. 그렇지만 그럴 용기를 내지는 못했다. 진실을 털어놓는 순간 지금껏 함께 지내온 가족을 잃게 될지 모른다는 두려움에 번번이 주저앉고 말았다.

그러던 어느 날, 아내 노신자가 간암 말기 판정을 받았다. 투병 생활을 하면서도 변함없는 사랑을 보내주는 아내의 모습에, 그 순간만큼은 결심할 수 있었다. 자신의 잘못을 모두 고백하고 용서를 빌어야겠다고. 하지만 그 말을 꺼내기도 전에 동료가 소개한 이를 통해 조작몽 안락사에 관해 알게 되었다. 생의 마지막 순간을 아름다운 추억으로 채우며 눈을 감을 수 있다는 그 서비스에 이끌렸다. 차마 진실을 고백할 수 없는 자신을 대신해서, 이 서비스로나마 아내에게 행복한 죽음을 선물하리라 다짐했다.

그러나 그가 알지 못했던 사실이 있었다. 7년 전 어느 날 노신자는 남편의 잠꼬대를 통해 전민구의 실수로 자신의 전남편이 사망했다는 충격적인 진실을 알게 되었다. 하지만 노신자는 이를 모른 척했다. 아이들을 위해서라도 덮어두는 편이 좋다고 생각했다. 풍족하지는 않았지만 전민구가 가족을 위해 헌신하는 모습을 보며, 노신자는 그가 충분히 죗값을 치렀다고 생각했다.

그럼에도 불구하고, 죽음이 다가올수록 노신자의 마음 한편에는 마지막 바람이 자라났다. 언젠가 전민구가 자신에게 진실을 고백하고 용서를 구하리라는 기대였다. 그러면 그를 온전히 이해하고 용서할 수 있으리라 믿었다. 그러나 그런 기대와 믿음은 점점 더 몽롱해져갈 뿐이었다.

조작몽 동반 안락사 #2

"우리가 사는 세상은 집단적 환상일지도 모른다.
하지만 그 환상이 우리를 버티게 한다."

"하람아, 여태 자면 어떻게 하니! 일어나서 밥 먹어라."

하람은 엄마의 목소리에 눈을 떴다. 옅은 미소를 띠고 하람을 내려다보고 있던 엄마는 그제야 별말 없이 방을 나갔다. 하람은 서둘러 집을 나서서 학교 도서관으로 향했다. 3층에 있는 자유열람실에 자리를 잡았다. 노트북을 꺼내 습관적으로 이메일과 인터넷 신문 기사를 뒤적이다 보니 한 시간여가 흘렀다. 검색창 안에서 깜빡거리는 커서를 멍하니 바라봤다.

'이제 뭘 해야 하지? 아, 그래.'

더 컴퍼니, the company, 조민석, 수면 유도, 안락사……. 하람은 이런저런 키워드를 조합해서 검색해봤다. 별다른 내용은 없었다.

'이렇게 해선 뭐가 안 되겠구나.'

자신이 회사에 관해 제대로 아는 게 뭐가 있나 싶었다. 뭐라도 좀 알아야 검색을 해볼 텐데. 복도에 있는 자판기에서 커피를 한 잔 뽑아 마시고 한 층 위에 있는 장서실로 향했다.

안락사와 관련된 서적을 찾아봤다. 원서 코너의 책 한 권이 눈에 들어왔다.

『Prescription Medicide: The Goodness of Planned Death』

학자 이미지를 풍기는 백발 신사의 사진이 표지를 채우고 있었다. 사진 속 신사는 나이가 꽤 많아 보였는데, 눈빛은 청년과도 같았다.

'의학적 자살, 계획된 죽음의 이로움?'

과하게 직설적인 책 제목이 하람의 마음을 불편하게 만들었다. 하람은 장서실 모퉁이 창가 자리에 앉아 책장을 넘겼다. 안락사를 지지하고, 실제 많은 안락사를 실행에 옮겼던 잭 케보키언 박사의 안락사에 관한 시각이 펼쳐졌다. 시간이 얼마나 흘렀을까? 책을 절반쯤 읽어나갔다. 하람은 자신이 이렇게 두꺼운 원서를 쉬지 않고 읽어 내려간 적이 있었나 싶었다.

'우주 시대의 의학을 위한 석기 시대의 윤리Stone-Age Ethics for Space-Age Medicine'. 하람은 열한 번째 챕터의 제목까지 보고 책을 덮었다. 학생 식당에서 돈가스로 늦은 점심을 해결하고, 조실장과 앉았던 연못 앞 벤치를 찾았다. 연못 중앙을 한동안 멍하니 바라보다가 자리에서 일어섰다. 학교 안을 크게 한 바퀴 돌며 거닐었다. 6시가 다 되어갔다. 집으로 향했다. 아버지와 저녁 식사를 하게 되나 했는데, 아버지는 술을 드시고 자정이 넘어서 들어왔다. 다음 날도 하람은 일찍 일어나 아버지와 함께 식사하려고 했는데, 아버지는 속이 쓰리다며 엄마가 끓여주신 콩나물국만 식탁 옆에 선 채로 반 대접을 들이켜고는 별말 없이 나갔다. 그날도 전날과 비슷한 일상이었다. 하람은 도서관에 가서 잠시 인터넷을 뒤적거리다 장서실로 향했다. 꿈에 관한 책을 찾아봤다.

'미리 준비한 시나리오대로 꿈을 꾸게 하는 게 과연 가능할까?'

이 질문에 대한 답은 그렇다, 아니다를 찾아내기 어려웠다. 다만 자각몽, 루시드 드림lucid dream이란 용어가 눈에 띄었다. 본인이 꿈꾸는 것을 인지하고, 스스로 그 꿈의 내용을 조작할 수 있는 상태라니. 그런 용어가 있다는 것은 몰랐지만, 곰곰이 생각해보니 하람은 자신에게도 그런 경험이 서너 번 이상은 있었던 듯했다. 아파트 옥상에서 하늘을 올려보다가 순간 꿈이란 걸 알게 되고, 옥상 밑으로 뛰어내려 하늘을 잠시 날아다닌 기억. 그래봤자 정말 잠시였지만. 하람은 읽다 만 책을 대출받아 도서관을 나섰다. 집에 와서 침대에 누워 누런 천장을 바라보며, 자신에게 벌어진 일들을 떠올렸다. 조각이 맞춰지지 않았다. 오히려 더 복잡하게 뒤엉켰다.

'더 컴퍼니는 둘째 치고, 나에 대해 뭘 조사했을까? 그리고 소이에 대해서도. 대체 어디서부터 어디까지 알고 있는 거지? 장 교수님이 알려준 걸까? 그래도 교수님 추천인데 이상한 곳은 아니겠지. 모르겠다. 조금만 더, 그래 조금만 더 들어가 보자.'

뒤엉킨 조각에 짓눌린 채 하람은 잠이 들었다.

◈◈◈◈◈

'오늘은 뭘 입고 가야 하지?'

하람은 조 실장을 만난 첫날은 그렇다 해도, 오늘도 그냥 편하게 청바지를 입고 가도 되나 잠시 고민했다. 멀끔하게 입고 있던 조 실장의 검은색 정장이 떠올랐다. 청바지를 입고 가면 오히려 자신이 더 불편할 듯싶었다. 옷장 한편에 대충 걸어두었던 양복을 꺼내 다림질했다.

도서관으로 가야 하나 하고 발걸음을 옮기다 보니 코스모스 카페 문이 벌써 열려 있었다. 카페 안에 들어서니 종업원 말고는 아무도 없었다. 하람은 조 실장과 앉았던 자리에 자리를 잡았다. 음료수를 주문하고는 자리로 돌아와 전날 도서관에서 빌려 온 루시드 드림에 관한 책을 읽었다. 하람은 아내를 위해 조작몽 동반 안락사 상품을 구매하려던 중년 남자, 전민구 씨를 생각했다.

'그 아내분은 어떻게 되었을까? 아직은 살아 있겠지?'

눈으로 종이 위의 글자를 따라갈 뿐, 하람은 책의 내용에 집중하지 못했다. 이상하게 전민구 씨의 아내 이름이 잘 생각나지 않았다. 읽던 책을 끝까지 보기는 했다. 카페를 나와 학생회관에서 돈가스를 먹고 학교를 거닐었다. 오후 1시 30분, 하람이 카페로 다시 돌아와보니 카페 중앙 자리에 조 실장이 앉아 있었다.

"일찍 오셨네요."

"파일은 잘 살펴봤습니까?"

"네. 그럭저럭이요. 그런데 그 전민구 씨 아내분 일은 어떻게 됐나요?"

조 실장이 주머니에서 라이터를 꺼내 탁자 위에 올려두었다.

"잘 마무리되었습니다. 예상대로 진행해서, 준비한 대로 잘 끝냈어요."

"네? 그게, 그러면 벌써 그 안락사, 아니 수면 유도가 다 끝났다는 말인가요?"

"노신자 씨는 가족분들 동의하에 수면 유도를 진행해서, 마지막 꿈을 꾸시고 평온하게 잠드셨습니다. 설명했던 대로 전동석 씨가 수면 유도를 받았어요. 회사의 서비스를 믿게 되었고, 이어서 노신자 씨가 무사히 서비스를 받았습니다."

"무사히……."

"일전에 얘기한 대로 잘 마무리했습니다."

"급작스럽네요."

"굳이 시간을 끌 필요가 있나요?"

"그래도 가족들과 남은 시간, 뭔가 정리할 것도 있었을 테고……."

"어떤 것을 정리해야 하죠?"

"가족들과 하고 싶은 말, 못다 한 말도 있었을 테고, 마지막으로 만나볼 사람이라든가……."

"그런가요? 노신자 씨가 가족과 함께 살아온 게 30여 년은 됩니다. 그런데 딱히 못다 한 말이 있을까요?"

하람은 너무도 태연하고 평온한 조 실장의 태도에 순간 기분이 상했다.

"30년이건, 40년이건, 못다 한 말이 왜 없겠습니까?"

하람은 자신도 모르게 언성을 높였다. 조 실장은 고개를 오른쪽으로 약간 기울인 채 하람의 얼굴을 찬찬히 살폈다.

"하람 씨는 부모님과 함께 지내온 게 20년이 넘지요? 혹시 그동안 못 했던 말, 그러니까 오늘이 하람 씨 생의 마지막 날이라면, 무슨 말을 꼭 하고 싶은데요? 사랑, 용서, 고마움, 잘 지내세요. 뭐 이런 말들 아닌가요? 다른 특별한 말이 있을까요?"

"꼭 그런 건 아니지만, 그래도 그런 말이라도……."

"좀 이상하지 않나요? 20년 넘게 살아오면서 못 한 말을 불과 며칠, 또는 몇 달의 시간이 주어진다고 풀어낼 수 있나요?"

"그래도 보통 그렇게들 하지 않나요?"

"그럴 수도 있긴 하지만, 수십 년을 통해 사랑, 용서, 고마움을 전달하지 못했다면 마지막의 짧은 시간, 이제까지 지내온 삶의 수백, 수천 분의 일, 그 정도의 짧은 시간 동안 그런 표현을 말로 그냥 쏟아내는 게, 과연 온전하게 전달이 될까요?"

"하지만 그렇게라도……."

"뭔가 아쉬운가 보군요?"

하람은 조 실장의 말에 고개를 떨궜다. 조 실장은 두 팔을 탁자 위에 올리며 의자를 당겨 앉았다.

"그렇게 걱정하지 않아도 됩니다. 큰아들은 나타나지 않았지만, 남편과 작은아들이 곁에서 마지막을 지켜봤고, 꿈을 통해서 가족들과 그간 못 나눈 이야기를 많이 나누고 떠나셨습니다."

"그렇군요."

"다른 상품도 그렇지만 조작몽 동반 안락사도 사전에 많은 준비 과정이 있습니다. 노신자 씨가 꿈에서 경험할 여러 이야기 속에서 가족들과 많은 대화, 경험을 나눌 수 있도록 설계되어 있어요. 가족들은 곁에서 노신자 씨가 꿈을 통해 어떤 대화, 경험을 나누는지 지켜보게 되고, 실제는 아니지만 노신자 씨에게 하고 싶은 말을 꿈속에서 전하기도 했습니다."

조 실장은 하람에게 노신자 씨가 경험한 꿈, 회사에서 제공한 꿈의 이야기를 상세하게 들려줬다.

"보통 그런 걸 원하기는 합니다. 하람 씨의 말대로, 마지막으로 서로 하고 싶었던 말, 그런 말이란 게 있더군요. 그래서 조작몽 동반 안락사에는 그런 부분이 충분히 포함되어 있습니다. 다만, 뭐 이건 지극히 개인적인 견해지만, 여전히 의문이기는 합니다. 수십 년이 걸려서도 못다 한 말을 남은 시간에 전할 수 있는지, 그게 그렇게 전한다고 해서 제대로 전해지는 것인지, 그런 생각이 듭니다."

"가족분들은 어떻게, 괜찮으신가요?"

"보통 덤덤합니다. 조작몽 동반 안락사에 관해 설명을 듣고, 이해하고, 증명받고, 그런 과정을 힘들고 혼란스럽게 받아들이지, 막상 서비스를 실행하는 순간은 보통 덤덤합니다. 전민구 씨와 아드님도 비슷했습니다."

"덤덤해한다니, 이해가 될 듯 말 듯 하네요."

"덤덤해한다고 해서 그 상황을 가볍게 받아들이는 건 아닙니다. 기대했던 대로 서비스가 진행되는 걸 다행스럽게 받아들이면서도, 상대에게 많이 미안해합니다. 직접 물어본 적은 없지만, 조작몽 동반 안락사 서비스에 관한 가족분들의 느낌은 내 경험상 대충 비슷합니다. 서비스가 잘 마무리되어 가족 중 한 명이 행복하고 평온하게 떠난 점을 다행스럽게 생각하면서, 한편으로는 그게 현실이 아니라는 점에 좀 혼란스러워하지요."

"역시 좀 그렇군요. 그래도 가족들이 보통, 전반적으로 만족하기는 하시나요?"

"글쎄요. 만족, 그렇게 볼 수도 있지요. 만족스럽지 않은 삶의 끝을 만족스럽게 바꿔주는 게 조작몽 동반 안락사 서비스니까요. 다만 가족들이 기대하는 결말이 실은 그리 완벽하고 최적화된 무언가는 아닙니다. 그보다는 그저 원래의 처참한 결말에서 좀 멀어지기를 바란다고 할까요."

"처참한 결말에서 멀어진다. 그 정도면 만족할 수 있나요?"

"네, 기대치가 그렇기에 거의 모두가 만족합니다. 인간은 본래 완벽한 선택이나 최적화된 결과를 목표로 할 때 걱정, 우울함, 불만을 더 느끼거든요. 선택하고 결과를 본 후에도 그게 완벽하거나 최적인지 확신할 수 없기 때문입니다. 그래서 완벽한 친구, 완벽한 가족이 되기를 바라기보다 좋은 친구, 좋은 가족을 목표로 할 때 인간은 더 행복할 수 있지요. 조작몽 동반 안락사를 택하는 이들은 완벽이나 최적을 원하는 게 아닙니다. 그저 최악을 피하려는 거지요."

"최악을 피한다라⋯⋯."

조 실장은 고개를 돌려 창밖을 바라봤다. 하람도 조 실장의 시선을 따랐다. 푸른 잎이 무성한 나뭇가지 위로 오후의 햇살이 쏟아지고 있었다. 새로운 의뢰인이 코스모스의 문을 열고 들어섰다.

◈◈◈◈◈◈

상품: 조작몽 동반 안락사

고객: 김시우

의뢰인: 아버지 김동훈

그 파일의 의뢰인이었다. 조 실장을 만나러 나온 이는 김시우란 소년의 아버지인 김동훈 씨였다. 행색은 이전 의뢰인인 전민구 씨와 비슷했다. 소년의 엄마는 생활고를 못 이기고 2년 전에 가출했는데, 소년은 혼자서 엄마가 있는 곳을 계속 수소문한 모양이었다. 그러다가 엄마가 있는 곳을 우연히 알게 되었고, 소년은 엄마를 만나러 가기 위해 자정이 지난 시간에 10킬로미터가 넘는 거리를 자전거로 달렸다. 그러다가 도로에서 뺑소니를 당해 식물인간 상태가 되었다. 깨어날 가망이 없고, 폐와 척추를 심하게 다쳐 생명 유지도 힘든 상황이었다. 회사에서 먼저 소년의 소식을 접하고 아버지인 김동훈 씨를 찾았다. 전민구, 노신자 씨의 경우와 달리 상담은 단조롭게 끝났다.

며칠 후 하람은 조작몽 동반 안락사를 제공하는 현장에 동행했다. 작은 병실만 한 공간에서 처음이자 마지막으로 본 시우의 모습은 그 나이 또래의 평범한 소년이었다. 또래보다 조금 마르고 왜소한 느낌이긴 했지만. 방 중앙에 놓인 침대 위에 소년이 눕히자 의료진 복장을 한 사람들이 소년의 신체 상태를 점검했다. 이어서 소년의 몸 곳곳에 가느다란 전선으로 연결된 다양한 센서들을 부착해갔다. 심장박동, 뇌파, 근육의 떨림까지. 인체의 모든 미세한 변화가 실시간으로 측정되고 있었다. 그리고 마지막으로, 은빛으로 반짝이는 거대한 헬멧이 머리에 씌워졌다. 뇌와 컴퓨터를 연결하는 BCI 장치인 드림 링커였다.

조 실장이 의료진에게 신호를 보내자 그중 나이가 가장 많아 보이는 남자가 작은 알루미늄 상자에서 담배 개비만 한 유리 약병 세 개를 꺼냈다. 남자는 세 개의 약병 중에서 두 개를 꺼내어 주사기를 통해 소년의 팔뚝에 연결된 링거액 튜브에 주입했다. 하람이 고개를 빼 약병을 살펴보자 조 실장이 귓속말을 건넸다.

"지금 주입되는 두 가지 약물 중 하나는 수면을 유도하는 것이고, 다른 하나는 긴 꿈을 유도하는 것입니다. 우리가 개발한 특수 화합물이죠. 뇌파를 조절해 수면의 깊이와 꿈의 생생함을 극대화합니다."

"그럼, 마지막 한 병은……."

"짐작대로입니다. 마지막 약병은 안락사에 사용될 겁니다."

약병 두 개를 다 주입하자 조 실장은 손목시계를 바라봤다. 몇 분이나 흘렀을까, 조 실장이 시계에서 눈을 떼 침대 맞은편에 설치된 대형 모니터를 바라보며 소년의 아버지에게 말을 건넸다.

"이제 곧 시작하겠군요. 이미 말씀드린 대로 이 자료는 녹화되지 않으니, 지금부터 집중해서 보시기 바랍니다."

드림 링커 속 수천 개의 미세 전극이 두피를 뚫고 대뇌피질과 직접 교신을 시작했다. 기억과 상상력을 자극해 꿈의 내용을 실시간으로 구성하는 것이었다. 1분이 채 지나지 않아 모니터의 화면이 몇 번 깜빡이더니 뿌연 영상이 나타났다. 자전거를 타고 어두운 밤길을 달리는 소년의 모습이 흑백도 아니고 그렇다고 온전한 컬러도 아닌, 빛바랜 사진과 같이 희미한 영상으로 나타났다. 조 실장이 입을 열었다.

"꿈은 시우가 엄마를 만나러 가던 길, 사고가 일어나기 직전부터 시작됩니다. 발할라가 소년의 기억을 재구성하고 있습니다."

자전거를 타고 달리던 소년의 모습이 끊기는 듯 잠시 어지럽게 여러 영상과 겹쳐 보이더니 어느 순간 엄마를 만났다. 그리고 뭐라고 얘기를 나누는데, 소리는 들리지 않았다.

"앞서 설명드린 것처럼, 꿈속 시간은 현실보다 훨씬 빠르게 흐릅니다. 보고 계신 장면들은 압축된 내용의 일부일 뿐이지만, 전체 흐름을 파악하는 데는 무리가 없을 겁니다."

영상은 소년의 꿈이 펼쳐지는 캔버스였다. 그리고 그 몽환적인 세계를 집어삼키듯 장악하고 있는 발할라. 드림 링커를 통해 발할라는 소년의 의식에 온전히 침투했다. 기억과 감정, 상상력을 실시간으로 스캔하고 재구성하면서, 마치 신이 세상을 창조하듯 소년만을 위한 이상향을 설계하고 있었다.

화면 속 소년은 엄마를 설득해서 함께 집으로 돌아왔다. 그리고 1년 정도 가족의 평온한 생활이 이어졌다. 특별한 상황은 보이지 않았다. 아침에 세 식구가 함께 밥을 먹고, 소년은 학교에서 친구들과 어울렸다. 집에 와서는 텔레비전을 보거나 게임을 즐기고, 저녁에는 식구들이 함께 모여 이야기를 나누거나 가끔 집 근처로 산책하러 가는 그런 정도의 내용이었다. 이야기의 끝은 올랜도 디즈니 월드로의 가족여행이었다. 여행 마지막 날 소년은 불꽃놀이를 바라보다 영원히 잠들었다.

하람은 사실 그냥 참관만 한 것은 아니었다. 소년의 마지막 장면에 관해 아버지 김동훈 씨는 별다른 의견이 없었다. 노신자 씨 경우처럼 조 실장이 뭔가 아이디어를 내놓기를 기대했는데, 오히려 하람에게 의견을 물었다.

"아직 어린 소년이니까 먼 곳으로, 그러니까 디즈니 월드 같은 데로 여행을 가고 엄마, 아빠 사이에서 잠들면 어떨까요?"

이게 하람의 아이디어였고, 소년의 아버지가 동의하여 그대로 이야기가 제공되었다. 조 실장은 소년에게 조작몽 동반 안락사가 제공되기 전까지 이 의견에 관해 하람에게 특별히 언급하지 않았다.

'이러한 선택을 비난할 수 있을까.'

소년과 소년의 아버지를 떠올리자, 하람의 머릿속에는 이 말밖에 떠오르지 않았다. 그런데 며칠 후 조 실장이 하람에게 해준 이야기 때문에, 하람은 자신이 괜한 의견을 낸 게 아닌지 찜찜한 기분이 들었다.

"그 아이디어 나쁘지 않았어요. 일본에서는 장기적인 불황으로 파산에 이른 가족이 동반 자살 하는 경우가 꽤 있었습니다. 그 가족들의 상당수가 자살 전에 마지막으로 가족여행을 떠난다고 합니다. 그런데 특이하게도 마지막 가족여행지로 많이 찾는 곳이 디즈니랜드라죠. 물론 일본에 있는 디즈니랜드요. 냉혹한 현실 속에서 살다가, 삶의 끝에서 가짜 환상들로 가득 찬 놀이공원에 가서, 함께 생을 마감한다. 현실에서 환상을 통해 죽음으로 가는 구조."

소이

"비밀은 때때로 사랑의 깊이를
시험한다."

하람은 혼란한 마음을 다잡으려 학교 연못가를 거닐었다. 휴대폰이 진동했다. 소이였다. 하람의 마음속에 미안함과 그리움이 동시에 피어올랐다. 서로 바빴던 탓에 자연스레 멀어졌지만, 하람의 마음 깊은 곳엔 아직도 친구로서인지 이성으로서인지 모를 애틋한 마음이 남아 있었다.

"오빠, 설마 아직까지 자는 건 아니지?"

"아니, 잠깐 일 좀 보느라 나와 있었어. 미안. 내가 먼저 전화했어야 했는데. 애들한테 내 소식 들었나 보구나."

"여기 좁잖아. 근데 해명으로 돌아오고도 한동안 연락이 없길래 나를 피하나 했지. 아니야?"

"무슨 그런 소리를……."

"그나저나 다시는 안 돌아올 것처럼 떠나더니 너무 빨리 돌아온 거 아냐? 아버지는 괜찮아?"

"뭐, 쉽지는 않지. 넌 잘 지냈어?"

"궁금하면 밥이나 사든지."

"그래. 내가 사야지."

"난 아직 안 먹었는데, 오빠 밥 먹었어?"

"나도 아직."

"그럼 말 나온 김에 오늘 봐. 지금 어딘데?"

"나 학교 연못 앞."

"잘됐다. 나 지금 학교 근처인데, 지금 학교 쪽으로 갈게. 차 안 막히면 금방 가겠다. 정문 쪽으로 나와. 수제비나 먹으러 가자."

하람은 파일철을 품에 안고 정문 쪽으로 걸어갔다.

'소이를 만나면 무슨 이야기부터 해야 할까?'

정문 앞 횡단보도 근처에 소이의 차가 비상등을 깜박이며 서 있었다. 멀리서 걸어오는 하람을 발견한 소이는 운전석 창밖으로 손만 내밀어 흔들었다. 하람이 차에 올라타자 소이는 바싹 다가와 하람의 얼굴을 샅샅이 훑어보다가, 한 손을 내밀었다.

"실업자가 되어 만났으니 악수라도 하자. 근데 회사는 왜 그만둔 거야? 일이 잘 안 맞았어?"

소이는 예전과 같이 짧은 단발머리였다. 하람이 질문에 우물쭈물 대답하는 동안 소이는 별다른 말 없이 복사골을 향해 차를 몰았다. 익숙한 풍경들이 차창 밖으로 스쳐 지나갔다. 자갈 마당 위에 짚풀을 얹은 흙담집이 보였다. 마당 한편에 차를 세우고 서걱거리는 자갈을 밟으며 걸어갔다. 소이는 몇 걸음 앞서서 나무를 얽어 만든 문을 한 손으로 열며 하람을 재촉했다. 식당 안으로 들어서니 낡은 소파와 오래된 나무 테이블들이 놓여 있었고 바닥에 깔린 나무가 희미한 먼지를 일으키며 삐걱거렸다. 소이는 쟁반에 물컵을 담아 오는 종업원이 테이블 앞으로 오기도 전에 소리 내어 수제비를 주문했다. 종업원은 물컵만 내려놓고 옆구리에 끼고 있던 메뉴판을 그대로 들고 돌아갔다. 모든 게 예전과 같았다.

"그런데 여기는 또 이 음악이네."

식당에는 에바 캐시디의 〈필즈 오브 골드Fields of Gold〉가 흘러나오고 있었다. 소이와 하람은 잠시 말없이 음악을 들었다.

"내가 사는 건데, 더 맛있는 거 먹지. 왜 또 수제비야."

"백수의 간을 빼먹을 수는 없지. 오랜만에 먹고 싶기도 했고."

그러는 사이 종업원이 넓은 쟁반에 수제비를 내왔다. 커다란 질그릇에 담긴 뻘건 국물의 수제비에서 김이 모락거렸다.

"일단 먹자."

소이가 먼저 수저를 들고 수제비를 휘휘 저었다. 소이는 커다란 수제비 한 조각을 급하게 입에 넣고 입술을 동그랗게 말아서 김을 불었다. 하람은 수저를 들지도 않은 채 소이의 얼굴만 물끄러미 바라봤다. 하람의 얼굴에 은은한 미소가 번졌다.

"엄청 배고팠나 보네. 입 데겠다. 천천히 먹어."

"응. 오늘 첫 식사거든."

"밥도 못 먹고, 뭐가 그렇게 바빠?"

"신삥 기자가 하는 일이 그렇지 뭐. 온종일 뛰고 기다리고."

밥을 먹는 사이에도 소이의 휴대폰은 쉼 없이 진동했다. 소이는 메시지를 확인하지 않고도 상황을 아는 듯 서둘러 수제비를 먹었다.

"간다, 가!"

하람은 이런 상황이 도리어 편하기도 했다.

"하루도 조용할 날이 없네. 나는 다시 신문사로 가봐야 하는데, 가는 길에 집에 내려줘?"

"괜찮아. 너 정말 기자 다 됐구나. 정신이 하나도 없어 보인다."

"그랬나? 미안해. 근데 요즘 내가 열심히 파고 있는 게 있어서 거기에 좀 미쳐 있어."

"너 원래 하나에 빠지면 끝까지 가잖아. 참, 나도 다시 일 시작했어."

하람은 열정적인 소이에게 초라하게 보이고 싶지 않아 이런 말을 꺼낸 자신이 우습게 느껴졌다. 한편 소이는 앞에 있던 물잔을 테이블 구석으로 밀어 치우며 테이블 가까이 몸을 기대어 두 손을 탁자 위에 올렸다.

"어떤 일? 벌써 시작했다고?"

소이는 타자라도 치듯이 오른손 검지로 탁자를 계속 살살 두드리고 있었다.

"장 교수님께서 소개해주신 일이야."

"장 교수님? 무슨 일인데?"

소이는 탁자를 두드리던 손을 멈추더니 몸을 더 앞으로 기울였다.

"학교에서 하는 일이야."

"그럼 조교 같은 거야?"

"응, 뭐 비슷한 거야."

"조교면 조교지, 비슷한 건 뭐야?"

"교수님 아는 분이 운영하시는 학교 내 작은 연구소에서 연구 보조원 식으로 일을 해보기로 했어."

좀 전까지는 곧 자리에서 일어날 것 같았던 소이가 갑자기 뭔가에 꽂힌 눈빛으로 질문을 퍼부었다. 얼굴까지 상기되어서 이것저것 묻는 소이 앞에서 하람은 움츠러들었다. 비밀을 지켜야 한다는 조 실장의 말을 떠올렸다.

"그 연구소에서는 무슨 일 하는데? 연구소 이름은 뭐야?"

"그게, 사람들에게 필요한 상품, 새로운 상품을 분석하고 기획하는, 뭐 그런 일이야."

"어떤 상품인데?"

"그게, 나도 아직 잘은 모르지만, 보안 프로젝트라고 해서, 아무튼 정보 기술로 일종의 새로운 체험이나 뭐 그런⋯⋯."

소이는 잠시 침묵했다. 이내 장난기 가신 음성으로 말을 이었다.

"무슨 일인지 모르겠다라⋯⋯. 어쨌든 해명에 있으니 자주 볼 수 있겠네. 아버지한테는 교수님이 추천해준 일을 한다고 하면 되겠고. 좋다."

가게에서 나온 하람은 소이의 차가 큰길을 지나 사라질 때까지 그 모습을 바라봤다. 서로의 삶이 바쁘게 흘러가는 동안 잠시 멀어졌던 마음의 거리가 조금은 좁혀진 것 같았다. 가슴 속에 일렁이는 묘한 감정을 느끼며 하람은 집으로 향했다.

상품:

안면이식 동반 작화증 유도술

"타인을 향한 미움의 짐을 지는 것은
결국 내 영혼이다."

새 의뢰가 들어왔다는 조 실장의 연락을 받고 하람은 빠르게 코스모스로 걸음을 옮겼다. 카페에 들어서니 조 실장은 오늘도 그 자리에 앉아 레모네이드를 마시고 있었다. 조 실장은 슬쩍 눈인사만을 건네고는 하람 앞으로 파일 하나를 내밀었다.

상품: 안면이식 동반 작화증 유도술

고객: 양다은

하람이 파일 표지를 살펴보고 있는데 조 실장이 말을 건넸다.

"작화증은 존재하지 않는 것을 있는 것으로 확신하여 말하고, 존재하는 것을 왜곡하는 망상적 병을 의미합니다."

"그럼, 거짓말과 비슷한 건가요?"

"거짓말과는 꽤 다릅니다. 작화증 환자는 자신이 말하고 있는 거짓을 허위라고 생각하지 않아요. 타인이 보기에도 일관

된 형태로 말과 행동을 하는 경우가 많아서 정상적으로 보이는 경우가 흔합니다."

파일은 양다은이란 여자의 이력서로 시작됐다. 나이 32세, 서울 지역 소재 외국어 고등학교 중퇴, 외동딸. 아버지 양주성은 자수성가한 사업가였는데, 동생 양호성을 회사의 재무담당 임원으로 앉혔다가, 양호성이 거액의 공금을 횡령하고 도주하는 바람에 회사가 하루아침에 부도 처리됐다. 채권자들의 빚 독촉에 극심하게 시달리던 아버지 양주성은 아내와 딸을 차에 태운 채 다리 난간으로 돌진해 강에 투신했다. 어머니는 현장에서 즉사했고, 아버지 양주성은 병원으로 후송 중에 사망했다. 양다은은 다리와 팔에 골절상을 입었으나 병원 치료 후 완치됐다. 양다은은 상속 포기로 아버지의 채무에서 벗어났으나 대학 진학은 포기했다. 억척스럽게 일을 해서 모은 돈으로 동대문에서 옷가게를 운영하고 있다. 보유한 순자산은 4억 원. 최근에 삼촌 양호성의 소재를 파악했다. 양호성의 현재 나이는 55세, 횡령한 돈을 가지고 필리핀에서 위조한 신분으로 머물고 있었다. 필리핀인과 결혼하여 두 명의 자식과 함께 살고 있으며, 고급 레스토랑을 운영하고 있었다.

"양다은 씨가 원하는 게 무엇일 것 같습니까?"

"혹시…… 복수, 그런 건가요?"

"맞습니다."

"그럼, 회사에서 양다은 씨를 대신해서 그 삼촌이란 사람에게 무슨 복수라도 하겠다는 건가요?"

순간 하람이 당황하여 목소리를 좀 높였으나, 조 실장은 태연하게 고개를 끄덕였다. 하람이 다시 말을 꺼내려는데 조 실장이 먼저 입을 열었다.

"하람 씨가 짐작하는 방식과는 다릅니다."

"뭘 어떻게 하려는 거죠?"

"이런 상황에서 가장 강력한 복수는 어떤 걸까요?"

하람의 머릿속에 고소, 돈, 살인, 고문, 몇 개의 단어가 스쳐가며 불쾌한 기분을 만들어냈다.

"이번 상품에도 불법적인 요소, 뭐 그런 게 있나요?"

"네. 두 가지가 그에 해당합니다. 납치와 불법 의료 시술."

"아니 어떻게, 그럼 그 삼촌을 잡아다가 어딘가 못 쓰게 만들기라도 한다는 건가요?"

조 실장은 레모네이드를 몇 모금 마시더니 잠시 뜸을 들였다. 하람에게 진정할 시간을 주는 듯했다.

"양호성 씨를 필리핀에서 납치할 겁니다. 그런 후에 인도 사무소 측으로 인계할 거예요. 시술은 인도 사무소 측이 맡습니다. 양호성 씨의 신체나 장기, 그런 부분에 손상을 주는 것은 아닙니다. 기억만 재조각합니다."

"네? 기억을 조각한다는 게…….."

"기억의 큰 틀을 다시 맞춘다고 보면 됩니다. 특별한 시나리오를 준비할 것도 없습니다. 하람 씨가 좀 전에 읽은 그 파일에 적힌 양주성 씨의 이야기, 어렵게 자수성가해서 사업체를 일궈내고 가족과 단란한 삶을 살고 있었는데, 친동생의 배신으로 모든 것을 잃게 되는 상황, 이게 양호성 씨의 삶으로 복사된다고 보면 됩니다."

"그럼 양호성이란 사람의 기억을 완전히 다른 것으로 바꾼다는 뜻인가요?"

"꼭 그렇게만 보기는 좀 애매합니다. 양호성은 자신의 형이 어떻게 살아왔고, 자신으로 인해 어떤 고통을 받았는지 이미 잘 알고 있습니다. 10여 년의 시간이 흘렀지만 결코 잊었을 리 없지요. 안면이식 동반 작화증 유도술에서 가장 중요한 점은 양호성이 본인을 양호성이 아닌 양주성이라고 생각하게 만드는 겁니다. 이미 양호성의 머릿속에 있는 기억들의 상당 부분을 그대로 재활용해서요. 다만 양호성의 기억은 배신을 당하고 회사가 부도나는 상황까지만 재활용하고, 그다음 시나리오는 인도 사무소 측에서 일부 새롭게 입력할 겁니다."

"어떤 시나리오를 입력하죠?"

"동생에게 배신을 당한 후 아내와 딸은 자살하고, 본인은 동생을 찾아 여기저기 떠돌다가 인도까지 흘러 들어간 걸로 기억하게 됩니다. 기억 조각이 끝나면, 양호성은 양주성의 얼굴로 성형수술을 받습니다. 둘이 형제여서, 조금만 고치면 됩니다. 성형이 다 끝나고 상처가 어느 정도 아물면, 인도 시골 마을의 허름한 여관에서 숙취로 고통스러워하며 현실로 돌아오게 되는 구조입니다."

"어떻게 그런⋯⋯."

조 실장은 태블릿을 꺼내 하람에게 영상 기록물을 보여줬다. 다른 고객에게 안면이식 동반 작화증 유도술을 진행했던 기록이었다. A라는 여자가 수술대에 누워 있었다. 옆의 대형 모니터에는 B라는 다른 여자의 사진이 띄워졌다. 수술실 벽면과 천장에 투사된 홀로그램 영상으로 환자의 상태를 실시간으로 모니터링할 수 있었다. 의료진이 착용한 투명한 증강현실 글래스에는 수술에 필요한 정보들이 끊임없이 표시됐다.

수술대 주변에는 자동화된 로봇 팔이 여러 개 설치되어 있었는데, 마치 스스로 생각하는 듯이 움직이며 의료진을 돕고 있었다. 로봇 팔 끝에는 레이저 메스와 극도로 정밀한 조각칼이 부착되어 사람의 손으로는 불가능한 섬세한 작업을 도왔다. 공기 중의 미세먼지 하나라도 수술에 영향을 줄세라 정화 시스템이 부지런히 돌아가고 있었다.

장면이 바뀌며 회복실에 누운 여자의 모습이 보였다. 그의 몸 곳곳에 꽂힌 투명한 튜브를 통해 지속적으로 약물이 투입되고 있었다. 여자는 인공 수면 상태에 빠진 듯 자발적인 의식이 느껴지지 않았다. 얼굴은 볼 수 없었다. 회복 기간 내내 여자에게는 머리 전체를 덮는 금속 헬멧이 씌워져 있었기 때문이다. 수많은 전선이 연결된 헬멧 안쪽에서 미세한 전류가 흐르며 여자의 시각, 청각, 그리고 뇌를 동시에 자극하고 있었다. 기억을 지우고 새로운 기억을 주입하는 과정을 진행하는 중이었다.

수 주가 지나고 헬멧이 제거되었다. A의 얼굴은 B의 모습으로 바뀌어 있었다. 그녀는 몽롱한 상태로 천천히 눈을 떴다. 거울 속 자신을 들여다보는 여자의 눈빛은 자아가 없는 듯 공허했다. 이전의 기억은 지워지고, 새로운 기억만이 남아 있는 상태였다. 영상을 본 하람은 한동안 입을 열지 못했다. 그런 하람을 지켜보던 조 실장이 먼저 말을 꺼냈다.

"과정이 좀 복잡하지만, 목적은 단순합니다."

"받은 그대로 돌려준다. 그런 건가요?"

조 실장은 입을 다문 채 창밖을 바라봤다.

"양다은 씨가 삼촌이란 사람과 얘기를 해보거나, 그런 적은 아직 없나요? 아니라면, 그렇게라도 먼저 해봐야 하지 않나요?"

조 실장은 무표정하게 하람의 얼굴을 바라봤다. 잠시 후 카페 문을 열고 한 여자가 들어왔다. 청바지에 운동화, 면 티셔츠 차림, 손에는 천으로 된 큰 가방을 들었는데 무슨 물건이 들었는지 가방이 불룩했다. 조 실장이 손을 살짝 들자 여자는 테이블로 왔다. 조 실장과 하람은 자리에서 일어나 여자에게 목례를 했다. 하람은 여자의 얼굴을 찬찬히 살폈다. 파일에서 읽은 여자의 삶이 얼굴 위에 겹쳐지며 마음이 무거워졌다. 조 실장은 하람에게 했던 말들을 조금 더 풀어서 여자에게 태연히 설명했다. 여자는 조 실장의 설명을 듣는 동안 아무런 질문도 하지 않았다. 30~40분 정도가 지나서 조 실장의 설명이 끝났다.

"양다은 씨가 살면서 받은 고통을 생각해볼 때 안면이식 동반 작화증 유도술의 가치가 어느 정도라고 생각하십니까?"

여자는 고개를 살짝 숙이고는 테이블을 바라보며 잠시 생각에 잠기는 듯했다.

"제 전 재산을 걸 만한 가치가 있다고 봅니다."

"전 재산을요?"

"네. 저는 그날 이후로 하루도 행복한 적이 없었어요."

"알겠습니다. 정확한 액수는 L을 통해서 다시 말씀드리겠습니다. 구매를 결정하시면 상품은 양다은 씨와 협의해서 한 달 이내에 공급합니다."

여자는 별말 없이 고개만 숙여 인사하고는 카페를 나섰다.

"양다은 씨가 구매를 결정해도 나나 하람 씨가 상품 공급 현장에 동행하지는 않습니다. 그건 양다은 씨도 마찬가지입니다. 상품 공급이 끝난 후의 상황만 보고받게 될 겁니다. 양다은 씨가 양호성 씨의 이후 모습을 궁금해하면 일정 기간은 우리가 모니터링한 결과를 알려줄 예정입니다."

"그런데 아까 양다은 씨가 했던 말이 좀 걸리네요."

"어떤 부분이?"

"그날 이후로 하루도 행복한 적이 없었다고 했잖아요."

"과학적으로 보면 그리 큰 과장도 아닙니다. 사람의 감정이 우울한 상태에서는 부정적 사건이 편도체를 자극하여 해마에 의해 기억으로 남겨지기가 더 쉽지요. 우울한 상태에서는 행복한 기억보다 나쁜 기억을 더 쉽게 회상하고요. 그리고 우울함이 지속되면 예전의 좋은 추억에도 스스로 계속해서 슬픔을 덧씌웁니다. 결국 모든 기억이 점점 더 슬프고 어둡게 변해가지요."

잠시 침묵이 흘렀다. 조 실장은 테이블 위에 있던 라이터를 집어서 주머니에 넣고는 창밖으로 시선을 돌렸다. 이틀 뒤 하람은 조 실장으로부터 양다은 씨가 안면이식 동반 작화증 유도술을 구매하기로 결정했다는 소식을 들었다. 그 후 납품 과정에서 예상하지 못한 변수는 없었다고 했다.

양주성과 양호성

"악과 뒤엉켜 싸우다 보면,
어느새 그 악이 내 안에 뿌리를 내리기도 한다."

25년 전, 양주성과 양호성 형제는 부모님의 유산을 기반으로 기업을 일궜다. 자동차 엔진에 들어가는 특수 부품을 납품하는 사업이었다. 부모님이 남겨주신 설비, 특허, 거래처 등이 있기에 가능한 일이었다. 그들은 공평한 이익 분배를 약속하며 사업을 시작했다. 사업은 느리지만 조금씩 꾸준하게 성장하고 있었다.

동업이 쉽지만은 않았다. 양호성은 늘 독단적이고 이성보다는 감정이 앞서는 형의 업무 방식이 불편했다. 그래도 형에게 그런 내색을 하지 않으려고 노력했다. 형제이기에 서로의 부족한 면을 채워줘야 한다고 믿었다. 하지만 시간이 흐르며 형 양주성의 마음에는 변화가 생겼다. 그는 동생 양호성이 사무실에 앉아서 편하게 숫자만 주무르고 있다고 생각했다. 골치 아프고 힘든 일은 모두 자신이 짊어지고 있다며, 동생을 원망하기 시작했다. 사업에 어려움이 닥칠 때면 그런 원망은 점점 더 커져갔다. 동생을 몰아낼 수도 없었다. 처음에 작성한

계약서가 문제였다. 양주성은 위장 거래처를 만들어 회사 자금을 빼돌리기 시작했다. 모든 거래처를 그가 관리했기에 가능한 일이었다. 회사에서 발생하는 이익 대부분을 위장 거래처를 통해 자기 주머니로 옮겼다. 양주성은 생각했다. 자신에게는 잘못이 없다고. 이런 상황을 동생이 모르는 것을 보면, 역시 동생은 그저 무능한 짐 덩어리일 뿐이었다고.

비밀은 영원할 수 없었다. 사업이 순조로워 보이는데도 회사는 끊임없는 손실에 시달렸고, 양호성은 이 상황을 납득하기 어려웠다. 문제를 파악하기 위해 노력했다. 혹시 거래처 관리에 문제가 있는 것은 아닌가 의심도 했다. 그러나 형의 일을 파헤치기는 조심스러웠다. 노력하다 보면 상황이 좋아지리라 믿을 뿐이었다. 그러던 어느 날, 한 거래처로 대금을 중복 송금하는 실수가 발생했다. 이 문제를 해결하는 과정에서 양호성은 결국 형의 추악한 진실을 알아차렸다. 꽤 오랫동안 형은 여러 위장 거래처를 통해 회사 자금을 빼돌리고 있었다. 양호성은 형에게 따져 물었다. 배신당한 아픔과 원망을 쏟아냈다. 그러나 양주성은 자신의 잘못을 부인하며, 형을 의심하는 동생은 필요 없다고 쏘아붙였다.

양주성은 빼돌린 자금 대부분을 이미 탕진한 상태였다. 그는 거래처 방문을 핑계 삼아 해외를 들락거렸지만, 실상은 오래전부터 도박에 빠져 있었다. 궁지에 몰린 그는 동생을 더욱 몰아세웠다. 회사의 위기는 모두 양호성의 무능함 탓이라며, 최악의 상황이 오면 모든 책임을 동생이 질 것이라고 위협했다. 양호성은 형과 대화를 시도했다. 그러나 형은 더욱더 거세게 그를 비난하기만 했다.

분노와 두려움에 휩싸인 양호성은 모든 것이 무너지는 좌절감을 맛봤다. 다른 방법이 없다고 판단했다. 여기서 탈출하는 것만이 유일한 살길이라 생각했다. 결국 양호성은 남은 회사 자금을 빼돌려 필리핀으로 도망쳤다. 어둠 속으로 숨어들어 형의 마수에서 벗어나고자 발버둥 쳤다.

양호성의 도주로 회사는 부도 위기에 처했다. 양주성은 두려웠다. 자기가 회사 자금을 횡령하고, 도박으로 모두 탕진한 사실이 들통날 것이. 사회에서 자신이 설 자리가 사라질 것이. 동생을 찾아내고 싶었지만 행방조차 파악하기 어려웠다. 매일을 술로 버텼다. 양주성의 정신 상태는 점점 더 불안정해졌다. 양주성은 새로운 계획을 세웠다. 그는 조작된 회계장부를 불태워 증거를 인멸했다. 그리고 가족 명의로 거액의 생명보험에 가입했다. 어쩔 수 없는 일이라고, 모든 책임은 동생에게 있다고 자신을 설득했다.

양주성은 아내와 딸을 차에 태우고 인적 없는 다리로 향했다. 차창을 연 채 다리 난간을 들이받았다. 아내와 딸은 수영을 할 줄 몰랐다. 양주성은 자신만 살아남을 계획이었다. 그러나 뜻하지 않은 일이 일어났다. 추락의 충격으로 양주성은 정신을 잃고 심각한 부상을 입었다. 그는 병원으로 옮겨지던 중 숨을 거두고 말았다. 기적적으로 살아남은 이는 딸 양다은뿐이었다.

양다은은 아버지의 빚더미를 피하기 위해 상속을 포기했다. 그녀는 악착같이 삶을 일궜다. 어느 날 그녀는 필리핀에 숨어 있는 삼촌의 소식을 알게 되었다. 필리핀에 여행을 갔던 지인이 소셜 미디어에 몇 장의 사진을 올렸는데, 그중 하나에 삼촌의 식당이 담겨 있었다. 지인의 뒤로 지나가는 한국인의 모습, 삼촌이었다. 남겨진 사진 한 장 없는 기억 속 모습이었지만 양다은은 한눈에 양호성을 알아봤다. 필리핀에 거주하는 한국인 유학생들을 통해 삼촌의 소식을 수소문했다. 삼촌은 필리핀에서 가족과 행복한 삶을 누리고 있었다. 자신의 아버지와 어머니를 죽음으로 내몰고, 가족을 파멸로 이끈 장본인. 그런 그가 그곳에서 행복하게 살아가고 있었다. 그를 향한 원망이 그녀의 가슴속에서 끓어올랐다. 모든 것을 건 복수를 결심했다. 그것이 자신에게 주어진 숙명이라 믿으며, 먼저 떠난 아버지와 어머니를 위한 것이라 믿으며.

상품:

부분 마인드 복사술

"욕망은 우리를 살아 있게 해주는 불꽃이다.
때로는 그 불꽃이 우리를 태워버리지만."

안면이식 동반 작화증 유도술 시술 후 조 실장은 어딘가로 출장을 다녀온다며 2주 넘게 자리를 비웠다. 하람은 그가 어떤 이유로 출장을 떠났는지 알지 못했다. 2주 하고도 나흘이 지난 날, 하람이 코스모스의 카페에 홀로 앉아 음악 소리에 몸을 맡긴 채 눈을 감고 있을 때 조 실장이 나타났다. 출장에서 돌아온 조 실장은 한결 더 마르고 어두운 낯빛이었다. 하람은 조 실장에게 안 좋은 일이 있었던 건 아닌가 걱정되었지만 먼저 물어도 될지 망설이고 있었다. 그때 조 실장이 말을 꺼냈다.

"하람 씨, 어릴 적 꿈이 뭐였어요?"

"네?"

하람은 2주가 넘게 자리를 비웠던 직속 상사의 첫 질문치고는 참 뜬금없다고 생각했다.

"갑자기 왜 그런 질문을……."

"잠재의식 속에 갈망을 심어주는 시술을 구매하려는 고객이 올 겁니다."

그제야 조 실장의 의도를 알아챈 하람이 잠깐 뜸을 들이다
가 답했다.

"부모님은 제가 법조계에서 일하기를 원하셨어요."

초등학교 시절 이후로 하람에게 꿈을 묻는 사람은 없었다.
어쩌면 하람은 계속 질문을 받았지만, 스스로 그 질문을 받
아들이지 않았을지도 모른다. 하람이 대학에 입학한 후 가
족, 선후배, 친구들이 하람에게 던지는 질문은 꿈이 무엇이
냐가 아니라, 어떤 직장에 갈 것이냐로 바뀌어버렸다.

"아뇨. 부모님 말고, 하람 씨의 꿈이요."

하람은 자신의 꿈이 무엇인지 선뜻 떠올리지 못했다. 과학
자, PC방 사장, 만화가 등 몇 가지가 하람의 머릿속에서 맴돌
고 있는데, 조 실장이 먼저 말을 이었다.

"나는 돌팔이 약장수가 되고 싶었어요. 하람 씨는 그게 뭔
지 잘 모를 겁니다. 내가 어릴 때는 마을 공터에 약을 팔러 오
는 사람들이 있었어요. 모든 병을 다 고치는 만병통치약을 팔
러 오는데, 사실 약보다 더 신기한 건 그 사람들이 데리고 다
니던 신기한 동물들이었죠. 머리가 세 개 달린 닭, 말을 하는
원숭이, 야광 고양이, 뭐 이런 것들이요."

"그런 동물들이 있나요?"

"하하하, 물론 그런 동물들은 없죠. 약장수들은 조금만 기다리면 신기한 동물을 보여준다고 하면서, 사람들을 자리에 붙들어놓고는 약 설명만 늘어놓죠. 어느 마을 누가 다 죽어가서 장례 준비까지 했는데, 이 약을 먹고 나았다는 식으로요."

"그런 동물이 없는데, 결국 어떻게 되죠?"

"한참 그렇게 약을 팔다 보면 밥때가 되고, 지치기도 하고 해서 사람들이 하나둘 빠져나갑니다. 그러면 어느 순간, 다음에 와서 보여준다고 하고는 자리를 뜨죠. 늘 그런 식입니다."

"실장님도 동물들이 보고 싶어서 끝까지 기다리셨나요?"

"처음 두어 번은 그랬는데, 어느 순간부터 동물보다는 약장수들이 들려주는 다른 마을 이야기가 더 궁금하더군요. 나는 중학교를 졸업할 때까지 살던 마을을 벗어나본 적이 거의 없었거든요. 집에 텔레비전도 없고 책도 몇 권 없어서 늘 같은 하늘, 같은 들판만 바라보고 지낸 터라, 먼 마을이 궁금했어요."

"약장수들이 들려주는 먼 마을 이야기에 끌리셨나 보네요?"

"맞아요. 죽어가던 사람이 만병통치약을 먹고 살아났다는 얘기만 빼면, 약장수들이 해주던 다른 마을 이야기는 조금의 과장이 있을 뿐 대부분 사실이었거든요. 한번은 산 너머 마을에 금광이 생겼다는 얘기를 하더군요. 어찌나 큰 금맥인지, 마을 개울에도 금가루가 섞여 흐른다고. 물론 이 얘기도 일부만 사실이었어요. 작은 금맥이 발견됐는데 상업성이 없어서 실제 개발은 못 했다고 들었어요."

"그건 어떻게 아셨어요?"

"직접 그 마을을 가봤거든요. 약장수가 다녀간 다음 날 먼 친척 집에 초상이 나서 아버지가 집을 비우셨어요. 그래서 나 혼자 산을 세 개 넘어서 그 마을에 가봤어요. 그래서 아는 겁 니다. 생각보다 길이 멀어서, 아버지가 오시기 전까지 집에 못 돌아오는 바람에 결국 호되게 혼이 나긴 했지만요."

"그런데 실장님은 왜……."

"잠시만요. 고객분들이 오시네요."

부부로 보이는 40대 중반의 남녀가 조 실장과 하람 곁으로 다가왔다. 그들은 조 실장과 가벼운 목례만 나누고 자리에 앉 았다. 차가운 음료가 탁자 위에 놓였다. 여자가 먼저 손을 뻗 어서 잔의 3분의 1 정도를 한 모금에 삼켰다.

"꿈은 확정하셨나요?"

조 실장의 질문에 여자는 마시던 잔을 내려놓고는 망설임 없이 입을 열었다.

"네. 지난번에 말씀 나눈 대로 의사로 해주세요."

"의사로 결정하신 이유를 한 번 더 설명해주시겠습니까?"

남자가 입을 떼려는 순간, 여자가 한 손으로 남자의 손을 잡으며 다시 입을 열었다.

"애 아빠 직업도 의사이고, 제가 곁에서 지켜보니 사회적인 위치나 수입 등을 볼 때 이만한 직업도 없겠다 싶었어요."

"아드님이 평소에 그쪽 분야에 잘 맞아 보였나요?"

"걔야 사실 별생각 없어요. 노상 휴대폰만 들여다보고. 그래도 애는 착하고 꼼꼼한 면도 있으니 잘 맞을 거예요."

여자는 그 뒤로도 몇 분 동안 의사라는 직업의 장점을 늘어놓았다. 조 실장은 처음부터 여자의 말에 별 관심이 없어 보이더니, 어느 순간 대놓고 남자의 얼굴만 쳐다보고 있었다.

"아버님 생각은 어떠세요?"

조 실장은 끊임없이 이어지는 여자의 말을 자르고 남자에게 말을 걸었다. 남자가 머뭇거리는 사이, 여자가 다시 말을 이으려고 했으나 조 실장이 왼손을 슬쩍 들어 손바닥으로 여자의 말을 막았다. 여자의 입술이 한쪽으로 쏠리며 살짝 일그러졌다.

"저는 사실 잘 모르겠습니다. 의사 일이 걔한테 잘 맞을지, 그리고 꿈을 심는다고 해서 그게 정말 되는 건지, 꿈이란 걸 심어도 되는 건지……."

여자는 못 참겠다는 듯 남자의 말을 자르고는 근 20분 동안 혼자서 이야기를 했다. 남자는 음료수 잔 표면에서 흘러내리는 물방울을 손가락으로 쓸어 탁자에 비벼댈 뿐 여자의 말을 듣지도, 입을 열지도 않았다.

"알겠습니다. 그 정도면 충분히 들었습니다. 작업은 일전에 설명한 대로 진행될 겁니다."

여자는 조 실장의 말이 끝나기도 전에 자리에서 일어나 조 실장에게 가벼운 눈인사를 했다. 그러고는 아직도 멍한 상태인 남자의 어깨를 쳐서 일으켜 세워 카페를 떠났다.

"실장님, 이게 제가 추측한 그런 게 맞나요?"

"하람 씨가 추측한 게 뭐죠?"

"혹시 아까 그 부부의 아이에게 의사가 되고 싶다는 꿈을 가짜로 심어주는 건가요?"

조 실장은 팔짱을 낀 채로 한동안 탁자의 중앙을 응시했다.

"가짜, 가짜라⋯⋯."

"아니, 제 말은 그 아들이라는 아이는 지금 별다른 꿈이 없는데, 부모, 그 엄마의 선택에 따라서 의사라는 꿈을 강제로 만들어주려는 것 같아서요."

"강제, 가짜, 둘 다 맞는 말일 수 있네요. 아닐 수도 있고."

조 실장은 음료를 한 모금 마신 뒤 부분 마인드 복사술을 상세히 설명했다. 부분 마인드 복사술은 누군가의 잠재의식 속에 의도적으로 갈망을 심어주는 것이었다.

"구체적으로는 이렇게 진행합니다. 아까 그 부부의 아이, 재호의 기억에 의사와 관련된 여러 가지 일화와 이미지를 각인시킬 겁니다. 이미 하람 씨가 알고 있는 우리 기술들을 이리저리 엮어서 사용한다고 보면 됩니다. 예를 들면 이런 거죠. 어린 시절 소중한 친구가 병으로 죽어가는 모습을 곁에서 지켜보면서 아무런 도움도 주지 못했던 안타까움과 죄책감, 어려운 환경에 처한 사람들을 무상으로 고쳐주는 아버지에 대한 자랑스러움, 몇몇 의학 소설 속 천재 의사들의 이야기 등 이런 것들을 재호의 기억에 넣어줄 겁니다."

"그런 내용은 모두 사실인가요?"

"친구의 죽음이나 무상으로 사람들을 치료하는 아버지의 모습, 이런 것들은 가짜라고 보면 됩니다. 소설은 실제로 있지만, 물론 그 내용이 사실은 아닐 테죠."

"결국 모두 사실이 아닌 가짜인데, 그런 것들로 한 아이의 꿈을 맘대로 만들어도 되나요?"

"아파서 죽은 친구가 없고, 아버지가 사람들을 무상으로 치료한 적은 없지만, 재호가 느낄 안타까움, 죄책감이나 자랑스러움을 가짜라고 단정할 수는 없죠. 어떤 현상이 실존하지 않더라도, 실존하는 것을 체험했을 때와 동일한 감정을 느낀다면 그 감정을 가짜라고 할 수는 없지 않을까요?"

"그래도 그건……."

"하람 씨, 학부 시절에 장 교수님을 도와서 메타버스 프로젝트 했었죠?"

"네, 꽤 오랫동안 재밌게 했었습니다."

"하람 씨가 가상현실 고글을 쓰고 탐험했던 세상이 물리적 세상에 실제 있는 공간이 아니었다고 해서, 하람 씨가 메타버스 안에서 경험했던 모든 것을 무의미하거나 가짜라고 단정할 수 있나요?"

"하지만 적어도 메타버스 안에서는 제 의지에 따라 무언가를 선택할 수 있었는데 그 아이, 재호는 그저 입력되는 경험을 받아들일 뿐 아닌가요?"

"꼭 그렇지는 않지요. 죽어가는 친구를 본다고 해서, 아버지가 헌신적으로 사람들을 치료하는 것을 본다고 해서, 그 아이가 꼭 의사의 꿈을 꾸리라는 보장은 없습니다. 극단적으로 보면, 그런 경험을 했음에도 대척점의 선택을 할지도 모르죠. 이를 테면 연쇄 살인마가 될지도요."

"……."

"우리가 모든 선택을 제어하지는 못한다는, 그럴 수는 없다는 말이에요."

"그래도 재호가 존재하지 않았던 일로 무언가를 느끼고 변화한다는 게 저는 무섭네요."

"존재하지 않았던 일이라. 그러면 소설은 어떤가요? 우리가 그 소설의 이야기를 아이 기억 속에 직접 넣어주지 않고 아이가 직접 책을 읽는다고 해도, 아이가 읽은 게 그저 허구이니, 그런 허구를 통해 아이가 변화하는 게 하람 씨는 여전히 무섭다고 생각하나요?"

조 실장과 하람 사이에는 한동안 침묵이 흘렀다.

"그런데 만약 재호라는 아이가 다른 꿈을 가질 수 있었는데 부분 마인드 복사술을 통해 의사라는 꿈이 각인되어버리면, 그 아이에게서 진짜 꿈을 꿀 기회를 빼앗는 건 아닐까요?"

"인간은 언제부터 언제까지 꿈을 꿀까요?"

"그게 무슨 뜻이죠?"

"어떤 이는 10대의 꿈이 20대의 직업으로 이어지고 그 직업을 꿈의 실현으로 보며 평생을 살기도 하고, 어떤 이는 20대, 40대, 60대, 나이가 들면서 계속 다른 꿈을 꾸며 다양한 삶을 살기도 하죠. 반면에 이렇다 할 꿈이 있다, 있었다고 말하지 못한 채 평생을 사는 이들도 많죠."

"꿈이 없이 사는 사람들도 있나요?"

"하루를, 한 달을, 1년을, 10년을 그저 살아간다고 해서 그게 꿈이라고 할 수는 없잖아요? 부분 마인드 복사술은 하람 씨의 생각만큼 그리 거창한 건 아닙니다. 그저 첫 단계일 뿐입니다. 인생에 있어 꿈은 첫 단계가 가장 힘들죠. 내 꿈이 이루어진다, 내가 꿈을 실현할 수 있다는 믿음과 도전. 그 처음 경험이 없으면, 그다음 꿈도 없습니다. 부분 마인드 복사술은 그 첫 단추를 끼워주는 것뿐입니다. 아이에게 의사의 꿈을 심어준다고 해서 그 아이가 꼭 의사가 될지, 또는 평생 의사로 살지는 모르는 일입니다."

조 실장의 말에 하람이 별 대꾸를 안 하자 조 실장이 다시 입을 열었다.

"약장수의 말을 듣고 산 너머 마을에 간 게 내게는 시작이었어요. 그 후로 나는 계속 약장수의 이야기를 좇아서 살다가 여기까지 온 셈이고요."

그때, 카페 문이 크게 흔들리며 한 여자가 안으로 들어섰다. 여자는 빠른 걸음으로 테이블 앞에 다가와 조 실장에게 속삭였다.

"정말 이대로는 안 됩니다."

단호한 음성에서 격앙된 마음을 억누르는 느낌이 났다. 여자는 뭔가 말을 덧붙이려다가 하람을 바라봤다.

"실장님께만 보고드릴 내용입니다."

조 실장은 주머니에서 다시 라이터를 꺼내 테이블 위에 올려놓았다. 흥분한 여자와 달리 조 실장은 차분하게 하람에게 L을 소개했다. 포니테일로 묶은 짙은 검은 머리, 얼굴은 30대 초반으로 보였고, 하얀색 블라우스에 검은색 재킷과 정장 바지를 입고 있었다. 조 실장을 보조하고, 관련자들의 기억을 리셋하는 업무를 맡고 있다고 했다.

하람은 한 테이블 정도 거리를 두고 빈자리에 앉았다. L은 선 채로 조 실장에게 뭔가를 한참이나 이야기했다. 조 실장이 왼손으로 의자를 밀어내며 자리를 만들어주었다. 의자에 앉은 L은 다소 진정된 듯했다. L과 조 실장은 몇 분간을 서로 주거니 받거니 대화를 이어갔다. 조 실장은 테이블 위에 상체를 기대듯이 바짝 당겨 앉더니, 컵에 입을 대고 레모네이드를 마셨다. 그러고는 잔 바닥에 있던 얼음 몇 개를 입에 넣고 우물거리며 손장난이라도 하듯 오른손으로 라이터를 만지작거렸다. 평소 조 실장의 모습과는 뭔가 다른 느낌이었다.

"권한 밖의 일이라는 것은 저도 잘 압니다."

어떻게 된 일인지 하람에게 갑자기 L의 목소리가 들렸다. 하람은 흠칫 놀라 카페 안을 둘러봤다. 반대편 먼 자리에 두 커플 정도가 있을 뿐이었다.

"실장님, 일전의 그 기자도 그렇게 외국으로 보냈는데, 왜 이번에는 그냥 두는 겁니까?"

"아직, 별다른 위협이 안 됩니다."

"어느 정도 문제가 되어야 위협입니까? 이미 여기저기 쑤시고 다니고, 전보다 훨씬 깊이 들어왔습니다. 그리고 자기 오빠의 문제이니, 순순히 물러나지는 않을 겁니다. 그러면 비밀스럽게 유지되는 우리의 일들도 끝입니다."

"우리끼리 얘기할 문제가 아닌 거 잘 알잖아요. 장 교수님께서 결정해줄 겁니다."

"초기화 팀을 보내면 바로 정리될 수 있는 문제 아닌가요?"

"그게 그렇게 간단한 문제라고 봅니까?"

조 실장의 목소리에 고르지 않은 힘이 실린 느낌이 들었다. L은 테이블 위로 시선을 떨군 채 잠시 머뭇거리다가 말을 꺼냈다.

"실장님, 혹시 김하람 씨 때문인가요? 정 그렇다면, 발할라에게 물어보기라도……."

하람의 눈길이 저도 모르게 두 사람에게 향했다.

'나 때문이라고?'

"이 이야기는 여기서 끝냅시다."

"실장님!"

"잠시만, 오늘은 내가 좀 힘드네요."

조 실장은 한 손으로 가슴을 받치고 깊은 숨을 몰아쉬었다.

"실장님, 괜찮으세요?"

"흐음, 응. 괜찮아요. 뭐 가끔이니 걱정하지 말아요. 아직은 괜찮아요. 아직 시간이 남아 있다고 하니……."

L은 더는 대꾸하지 않았다. 조 실장은 몇 번 거친 숨을 몰아쉬더니 다시 말을 이었다.

"L이 왜 그러는지 나도 이해해요. 어머니를 생각해서 그렇다는……."

"실장님, 꼭 그런 것만은……."

조 실장은 왼손으로 라이터를 집어 주머니에 다시 넣은 채 손을 빼지 않았다. L은 조 실장의 왼쪽 바지 주머니를 잠시 바라보다가 자리에서 일어섰다. 하람이 묻고 싶은 게 많은 표정으로 조 실장에게 향하자 그는 오늘은 힘들다는 표정으로 손을 저었다. 하람은 조 실장에게 말없이 목례를 하고 느린 걸음으로 카페를 떠났다.

'L은 어떤 사람일까? 조직에 위협이 된다는 건 대체 뭐지?'

하람의 발걸음은 자연스럽게 장 교수의 연구실로 향했다. 장 교수의 이야기를 들어봐야 했다.

하람은 노크를 하고 방에 들어섰다. 하람이 방 안에 한 발만을 들여놓은 채 머뭇거리자 장 교수가 반갑게 알은체를 했다.

"오, 하람이구나. 연락도 없이 웬일이니?"

하람에게서 뭔가 긴장감을 느꼈는지, 장 교수는 한마디 더 덧붙였다.

"지금 시간 괜찮으니 이리 와라. 커피, 아니면 차?"

일을 시작한 뒤로 하람은 두서없는 의문점들을 들고 장 교수를 찾았었다. 그렇다고 하람이 뭔가 확실한 답이나 설명을 들은 것은 없었다. 한편으로는 뭔가 구체적인 질문을 내밀지도 못했다. 무엇을 물어야 하는지 찾기가 어려웠고, 찾았나 싶으면 물어도 되는지 혼란스러웠다. 장 교수는 더 컴퍼니에 관한 얘기를 꺼낼 때 말을 돌리거나 피하지는 않았다. 더 컴퍼니의 상품을 불법과 비윤리라는 논리만으로 배척해서는 안 된다는 신념을 하람에게 피력했다.

"남겨진 짧은 삶이 고통으로만 가득 찬 이에게 조작몽 동반 안락사는 마지막 선물이 아닐까? 스스로 선택한 게 아니기에 정당하지 않다고 할 수도 있지만, 자신이 평생 사랑했던 사람들이 나를 위해 주는 마지막 깜짝 선물, 난 그렇게 믿는다."

그때 장 교수가 하람에게 했던 이야기다.

"오늘 좀 피곤해 보이네. 뭐 특별히 할 말이라도 있니?"

"교수님, 이런 거 물어도 되는지 모르겠습니다만, 더 컴퍼니
는 언제부터 존재했나요? 그리고 어떻게 계속 이어져왔던 건
가요? 어떻게 이렇게 오랫동안 세상에 알려지지 않고 비밀결
사처럼 유지되고 있는지 궁금해서요."

장 교수는 잠시 말이 없었다. 하람은 비밀결사란 표현이 장
교수의 심기를 불편하게 했나 하는 생각이 들었다.

"비밀결사란 말이 틀리지 않지. 여타 비밀결사의 경우와 비
슷했고. 조직 내부, 그리고 조직 외부에서 이런저런 피해, 출혈
이 적잖았다. 상품 자체도 불법, 비윤리의 선 위에 있고, 이것
들을 지켜내기 위해서 때로는 쉽지 않은 결단을 해야 했단다."

"그런 방법을 써가면서까지 더 컴퍼니의 상품들이 세상에
존재해야 하나요?"

장 교수는 팔짱을 낀 채 고개를 들어 천장을 응시하고는
한동안 말없이 고개를 아주 조금 까닥거렸다. 그러다가 여전
히 천장을 바라보며 나지막한 음성으로 말을 꺼냈다.

"그렇지 않으면 더 좋을 텐데. 그게 잘 안되네. 내가 앉아 있
는 이 의자와 테이블을 만들기 위해 인도네시아 숲에서 동물
들을 몰아내고 벌목이 이루어졌고, 내가 신은 이 운동화의 바

느질을 위해 방글라데시 아이들이 동원되었고, 주머니 속 휴대폰은 중국의 공장에서 20시간 가까이 휴식도 없이 일하는 노동자가 만들었고. 그걸 알면서도 나는 이렇게 태연히 이런 것들을 사용하고 있지."

장 교수는 팔짱을 풀고 테이블 위에 손을 올린 채 말을 이었다.

"난 우리의 상품이 테이블, 운동화, 휴대폰보다는 훨씬 더 가치가 있다고 생각한다. 그렇게 지켜나갈 거고."

"교수님, 상품을 유지하기 위해 피해와 출혈을 감수해왔다고 하셨는데, 구체적으로 어떤 방법이 쓰이는 거죠?"

"네가 알고 있는, 그리고 앞으로 알아갈 상품들을 통해 그러한 일들이 정리된다고 보면 된다."

"정리요? 사람들의 기억을 지우고, 이리저리 옮기면서요?"

"아직은 네가 우리 일을 받아들이기가 쉽지 않나 보구나."

"이런 일은 그 누구라도 쉽게 받아들이기 어려울 것 같은데요."

"아니야. 너는 달라. 너라면 충분히 받아들이고, 그다음 단계까지도 꿈꿀 수 있을 거야."

"그게 무슨 말씀이시죠?"

"하람아, 너를 선택한 건 단순히 나나 우리가 아니야. 오히려 그 반대야. 나는 너를 통해서 이 일을, 정확히는 아르카디아를 더 견고하게 만들 수 있었다."

"네? 무슨 말씀이신지, 또 아르카디아는 뭐고……."

"다 알게 될 거다."

장 교수는 하람 곁으로 다가와 두 손으로 하람의 어깨를 강하게 감쌌다. 하람은 장 교수가 대화를 끝내고 싶어 한다는 느낌을 받아서 더 묻지 못했다. 하람이 인사를 하고 방을 나서려는데, 장 교수가 다시 말을 꺼냈다.

"L과는 얘기를 많이 못 나눠봤지? 좋은 친구야. 잘 지내보렴."

"네. 아직은 별로 얘기를…… 교수님께서 오래 알고 지낸 사람인가요?"

"알고 지낸 건 꽤 오래지. L, 그러니까 민지는 내 동료였던 이 박사의 딸이니까. 이 일을 함께 한 지는 그리 오래되지 않았지만."

강주은과 서기호

"현자는 뿌리에 물을 주고,
우매한 자는 열매만을 바라본다."

조 실장을 찾아왔던 40대 중반의 남녀, 그중 여자의 이름은 강주은이었다. 주은의 어린 시절은 깊고도 짙은 어둠 속에서 시작되었다. 그녀가 세상에 나온 순간부터, 아버지는 병상에 누워 있었다. 작은 주은의 눈에 비친 아버지의 모습은 고요히 누워 있는 침묵의 그림자였다. 아버지의 쉰 기침 소리와 약 냄새, 그리고 그를 돌보는 어머니의 지친 한숨 소리가 집안 구석구석을 채우고 있었다.

어머니는 다른 이의 약사 면허를 빌려 약국을 운영했다. 법의 테두리를 벗어난 일이었지만, 사업은 순조로웠다. 동네 사람들은 어머니의 약국을 신뢰했고, 꾸준한 단골이 있었다. 어머니는 새벽녘부터 밤늦도록 약국에서 시간을 보냈고, 그 덕분에 주은과 아버지를 보살필 수 있었다.

그러나 어느 날, 친구의 고발로 모든 것이 무너졌다. 어머니와 친구 사이에 사소한 다툼이 있었고, 그 감정의 앙금이 쌓여 결국 폭발한 것이다. 작은 불씨가 걷잡을 수 없는 재앙을 불러왔다. 약국은 문을 닫았고, 어머니는 법의 심판을 받아야 했다. 주은의 가족은 그 순간부터 깊은 수렁으로 빠져들기 시작했다. 어머니의 얼굴에는 그늘이 내려앉았고, 아버지의 병은 악화 일로를 걸었다.

추운 겨울밤, 어머니는 가사도우미 일을 마치고 집으로 향하는 길에 뺑소니 차에 치였다. 주은은 지금도 그날을 잊지 못한다. 열린 창문 사이로 스며드는 차가운 바람, 어린 주은을 감싸던 설명할 수 없는 불길함. 시간이 흘러 경찰이 찾아와 어머니의 부고를 전했다. 그 찰나, 주은의 세계는 얼어붙었다.

아버지의 병은 더욱 깊어졌고 병원에서는 진료비 문제로 더 이상의 치료를 거부했다. 주은은 필사적으로 아버지를 살리려 했지만, 현실은 냉혹했다. 병원비를 구할 길 없는 주은은 무력한 눈물만 흘렸다. 이윽고 아버지마저 떠났고 주은은 홀로 세상에 남겨졌다.

대학 진학은 꿈도 꿀 수 없었다. 주은은 살아남기 위해 일터로 향했다. 그녀는 공장에서 땀 흘려 일하며 돈을 모았다. 공장에서의 노동은 혹독했지만, 주은은 물러서지 않았다. 그녀는 기계 소리 속에서도 더 나은 내일을 꿈꿨다. 그리고 마침내 작은 가게를 열 수 있을 만큼의 돈을 모았다. 그 가게는 그녀의 피와 땀으로 키워졌고, 주은은 서서히 희망의 빛을 되

찾아갔다.

가게를 운영하며 주은은 많은 사람을 만났다. 그러던 어느 날, 친구의 소개로 서기호를 알게 되었다. 기호는 의대생이었다. 주은은 기호에게 이끌렸다. 그가 자신의 반쪽이라고 믿었다. 그래야만 했다. 어쩌면 기호라는 사람보다 의사라는 직업에 더 끌렸는지도 모른다. 어린 시절의 상처를 어루만져줄 유일한 희망, 주은에게 그것은 기호를 통해서만 가능해 보였다.

〈〈〉〉〉〉

조 실장을 찾아왔던 40대 중반의 남녀, 그중 남자의 이름은 서기호였다. 기호의 어린 시절은 잿빛 하늘 아래에서 시작되었다. 그는 어머니의 생명을 대가로 세상에 태어났다. 기호에게 어머니는 낡은 사진 속 미소 짓는 여인일 뿐, 기억 속 실체는 없었다. 아버지는 의료기기 회사에서 영업을 했다. 치열한 삶이었다. 깊은 밤 집에 들어와 술에 취한 채로 잠드는 일이 잦았다. 그런 밤이면 기호는 적막한 방에 홀로 남아 아버지를 기다렸다.

그러던 어느 날, 기호의 아버지는 의사의 강요로 대리 수술을 하게 되었다. 바쁜 일정을 소화할 수 없게 된 의사는 윽박

지르며 아버지에게 수술을 떠넘겼다. 아버지는 거절하려 했지만, 의사의 위압에 굴복할 수밖에 없었다. 이 사건은 기호 가족에게 되돌릴 수 없는 불행을 가져다주었다. 대리 수술이 발각되자 모든 죄는 아버지의 몫이 되었다. 잠깐의 면허정지로 위기를 모면한 의사와 달리, 아버지는 감옥에 가야 했고 일자리마저 잃었다.

출소 후에도 아버지는 좋은 직장을 구하지 못했다. 대리 기사와 막노동으로 겨우 가족의 생계를 이어갔다. 기호는 그런 아버지가 안쓰러웠지만, 아버지는 늘 같은 말을 되풀이했다.

"기호야, 너는 꼭 의사가 되어야 한다."

아버지를 위해, 기호는 의사의 길을 택했다. 학업에 몰두한 끝에 의대에 입학했다. 합격 소식에 아버지는 기호보다 더 기뻐했고, 자랑스러워했다. 하지만 의사가 된 기호는 행복하지 않았다. 병든 이들을 치료하는 보람보다 그들의 고통을 마주하는 괴로움이 더 컸다. 매일같이 병원을 찾는 환자들의 괴로운 얼굴은 무거운 짐이 되어 기호의 마음을 짓눌렀다.

사실 기호가 원한 삶은 달랐다. 기호는 빵을 만드는 사람이 되고 싶었다. 어린 시절, 동네 빵집은 기호에게 작은 천국이었다. 그곳을 찾는 이들의 행복한 얼굴, 빵집을 가득 메운 달콤하고 포근한 향기가 좋았다. 기호는 그런 행복한 공간을 만들고 싶었다. 하지만 아버지에게 그 꿈을 말한 적은 없었다. 아버지를 탓한 적도 없다. 기호는 그 누구보다 아버지의 아픔을 이해했고 사랑했다. 다만 자신이 이룬 꿈이 진정 자신의 꿈은 아님을 인정할 수밖에 없었다.

상품:

트라우마 기억 재설정술

"상처는 아픔을 남기지만,
그 아픔을 이겨내는 과정에서 우리는 더욱 강해진다."

하람이 해명에 내려온 후 소이는 하람에게 자주 연락했다. "뭐 해?", "어디야?", "일하고 있어?" 같은 일상적 질문. 그러나 하람은 더 컴퍼니의 일을 뭐라고 설명해야 할지 난감했고, 뜨뜻미지근하게 답을 보내면 대화는 거기서 끊겼다. 그런데도 소이는 매번 다시 연락해왔다. 하람은 소이가 무슨 할 말이 있는 게 아닌가 싶어 오늘은 먼저 만나자고 연락했다.

'오늘 너 안 바쁘면, 6시에 껍데기집에서 보자.'

소이와 자주 다니던 껍데기집은 학교에서 차로도 10분은 가야 하는 거리지만, 하람은 무작정 걸었다. 해명의 거리, 사람들을 살펴봤다. 해명을 떠났던 몇 달 동안도 그랬지만, 하람이 이 일을 맡은 후에도 해명은 변한 게 없어 보였다. 그 짧은 사이에 자신의 인생이 요동치며 변한 것을 생각하면, 그 변치 않음이 묘하게 이질적으로 느껴졌다. 바삐 걷지도 않았는데, 어느새 껍데기집이 눈에 들어왔다. 하람이 가게에 들어서니, 중앙의 양철 테이블에 소이가 먼저 자리를 잡고 있었다. 소이

앞에 놓인 연탄불 위에서 껍데기가 벌써 구워지고 있었다.

"오빠, 빨리 와서 앉아."

소이는 껍데기를 뒤집던 집게를 들어 올리며 하람을 반겼다.

"일이 좀 빨리 끝나서, 배도 고프고 해서 미리 왔어. 일단 껍데기 좀 먹고, 그담에 갈매기살 먹자."

소이는 옆에 앉은 하람을 바라보지도 않은 채, 집게로 껍데기를 계속 뒤적였다.

"계속 많이 바쁜가 봐?"

"나야 뭐 늘 그렇지. 오빠는 그 뭐냐, 보안 유지 프로젝트인가 그거 계속하는 거 맞지? 뭔데 그렇게 연락이 안 돼. 나보다 오빠가 더 바쁜 것 같던데?"

껍데기가 동그랗게 말리며 테두리가 검게 물들 때쯤 소이가 막걸리를 주문했다. 하람은 막걸리보다는 맥주를 더 좋아했으나, 소이는 항상 막걸리를 먼저 시켜버리고는 했다. 막걸리 두 병이 다 비워지는 동안 소이는 해명으로 돌아온 후 하람의 생활을 되짚어 물었다. 아버지와는 별문제가 없는지, 엄마는 건강하신지, 연구소 일은 스트레스가 없는지. 그러고 보니 하람은 근래 들어서 소이의 일상에 관해, 소이가 하는 일에 관해 제대로 들어본 적이 없었다.

"너는 요즘에 뭔 일로 그리 바빠?"

"이것저것 취재하고, 기사 정리하고 매일 똑같지, 뭐."

"그래? 뭐 특별하게 취재하는 거라도 있어?"

소이는 평소와 달리 잠시 머뭇거리는가 싶더니, 젓가락을 테이블 위에 내려놓고 주머니에 손을 넣었다.

"오빠가 하는 일 이야기해주면 나도 해줄게."

하람은 여전히 소이가 자신에게 주는 관심이 자신이 소이에게 갖는 관심보다 더 큰 것 같아 미안한 마음이 들었다.

"말했잖아. 별거 없다고."

하람의 말에 소이는 잠시 뜸을 들이더니 조심스레 말을 꺼냈다.

"우리 오빠가 같은 신문사에서 일했던 거 알지? 오빠가 회사를 옮기면서 던져준 게 하나 있어. 지금은 뉴욕 쪽에서 일하고 있거든. 신문사는 아니고, 무슨 광고 회사에서."

"신문사에 있다가 갑자기 광고 회사로 옮겼다고?"

"그러게. 나도 좀 놀랐어. 몇 달 전쯤에 갑자기 어떻게 운 좋게 연결이 됐다면서 방방 뛰더니, 도망이라도 가듯이 바로 사표 쓰더라고. 난 그쪽 일은 잘 모르는데, 아무튼 꽤 조건도 좋고 그렇다네."

"근데 너한테 뭘 주고 갔는데?"

소이가 입을 동그랗게 오므렸다. 긴장되거나 뭔가 중요한 이야기를 꺼낼 때의 습관이었다. 하지만 더는 말을 잇지 않았다. 하람은 소이가 품은 기자라는 직업의 무게를 떠올리며, 소이의 빈 잔에 막걸리를 채웠다. 그때 소이의 휴대폰이 울렸다. 신문사에서 온 전화인 듯했다. 소이는 전화를 받아서 몇 마디를 나누더니 하람에게 눈짓을 하고는 휴대폰을 들고 식당 밖으로 나갔다. 통화하는 소이의 모습이 창밖으로 보였다. 잠시 후 소이가 돌아왔다. 소이는 휴대폰을 테이블 위에 던지듯이 내려놓고는 막걸리 잔을 단숨에 비웠다.

"대체 뭔 기사를 써야 맘에 든다는 거야. 여기 막걸리 한 병 더 주세요."

소이는 막걸리를 주문하고 화장실에 간다며 일어섰다. 아마도 편집장쯤 되는 사람에게 뭔가 호되게 핀잔을 들은 듯했다. 소이의 휴대폰이 다시 울렸다. 하람이 화면을 얼핏 보니 문자메시지가 온 것 같았다. 하람은 몸을 앞으로 숙여 문자메시지 내용을 살펴봤다.

'더 컴퍼니에 관한 이야기입니다. 꼭 연락 주세요.'

하람은 몸이 굳어진 채로 문자메시지를 여러 번 반복해서 읽었다.

"또 전화 왔어?"

어느새 소이가 자리에 돌아왔다. 소이는 고개를 숙여 문자

메시지를 확인하더니, 전화를 들어 눈 가까이 들이대고는 여러 번 반복해서 읽었다.

"오빠 안 되겠다. 나 지금 나가봐야겠다."

소이가 갑자기 하람에게 인사를 건네고는 자리에서 일어섰다. 하람은 앉은 채로 고개를 들어 소이를 멍하니 바라볼 뿐이었다. 소이는 손을 몇 번 흔들더니 벌써 식당 문을 나서고 있었다. 소이가 떠난 뒤, 하람은 새로 나온 막걸리 한 병을 혼자서 반 정도 비웠다. 불현듯 몸이 굳어지는 느낌이 들었다. 일전에 들었던 L과 조 실장의 대화, 소이가 자신에게 던진 질문들, 그리고 소이의 휴대폰에 떴던 메시지가 겹쳐졌다.

L이 조 실장에게 했던 이야기.

'이미 여기저기 쑤시고 다니고, 전보다 훨씬 깊이 들어왔습니다.'

'그리고 자기 오빠의 문제이니, 순순히 물러나지는 않을 겁니다.'

'혹시 김하람 씨 때문인가요?'

장 교수와의 일을 궁금해하던 소이.

'장 교수님? 무슨 일인데?'

'그 연구소에서는 무슨 일 하는데? 연구소 이름은 뭐야?'

'어떤 상품인데?'

'오빠가 하는 일 이야기해주면 나도 해줄게.'

그리고 소이가 한 말과 메시지.

'우리 오빠가 같은 신문사에서 일했던 거 알지? 오빠가 회사를 옮기면서 던져준 게 하나 있어.'

'더 컴퍼니에 관한 이야기입니다. 꼭 연락 주세요.'

소이가 취재 중인 대상이 더 컴퍼니이고, 더 컴퍼니가 주시하고 있는 인물이 바로, 소이였다. 하람은 손이 떨려왔다.

다음 날, 코스모스에 먼저 도착한 하람은 여전히 머릿속이 복잡했다.

"양다은 씨 기억하죠?"

조 실장의 말에 생각에 잠겨 있던 하람은 화들짝 놀랐다.

"아, 네. 기억하죠."

"무슨 생각을 그렇게 해요? 하람 씨는 요즘 생각이 많아 보여요."

"그래요? 생각이야 늘 많았는데 전에는 안 그래 보였나 보네요."

하람은 확신했다. 소이가 무엇을 뒤쫓고 있는지 조 실장은 이미 알고 있다고. 하람은 당분간 태연하게 대처하기로 결심했다.

"양다은 씨는 왜요?"

"오늘 만날 고객은 양다은 씨입니다."

"네? 지난번 안면이식 동반 작화증 유도술의 고객이 맞죠?"

"맞아요."

"한번 서비스를 구매했던 고객이 다시 구매하는 건 안 되지 않았나요?"

"대부분은 그렇습니다만, 가끔은 내 직권으로, 실은 직권보다는 내가 설득을 해서 승인을 받으면 이번처럼 추가 거래가 가능하기도 합니다."

"실장님이 누구를 설득해서 승인을 받는 거죠?"

조 실장은 별다른 대답 없이 그저 빙긋 웃었다.

"이번에 양다은 씨가 구매하려는 서비스는 뭘 거 같아요?"

"지난번 그 삼촌에게 복수한 것과 관련된 건가요?"

"왜 그렇게 생각하죠?"

"왠지 그것과 관련이 없다면 실장님께서 누군가를 설득해서 승인을 받지는 않았을 것 같아서요."

조 실장은 다시 미소를 지었다. 의미를 알기 어려운 흐뭇함이 묻어났다.

"이 노래 내가 참 좋아하는데, 하람 씨도 이 노래 알죠?"

에바 캐시디의 〈필즈 오브 골드〉가 흘러나오고 있었다.

"I never made promises lightly"

— 당신에게 가볍게 약속한 적 없어요

"And there have been some that I've broken"

— 내가 지키지 못한 것들이 있었지만

"But I swear in the days still left"

— 남은 날들에 맹세할게요

"We'll walk in fields of gold"

— 우린 항상 황금빛 들판을 걸을 거라고

"We'll walk in fields of gold"

— 우린 항상 황금빛 들판을 걸을 거라고

"나는 뒷부분 후렴구가 제일 좋아요. 가볍게 약속한 건 아니지만, 지키지 못한 게 있다는, 그래도 남은 나날 황금빛 들판을 걷겠다는……."

약속, 지키지 못한, 황금빛 들판. 조 실장이 말한 단어들이 에바 캐시디의 음성에 입혀져서 하람의 귓가에 맴돌았다. 문득 또각거리는 하이힐 소리에 정신을 차려보니, 양다은이 어느새 다가와 옆자리에 앉았다. 블라우스에 치마 차림, 지난번과는 사뭇 다른 느낌이었다.

"결정은 하셨어요? L에게 설명 들으신 대로 두 가지 중 하나를 고르시면 됩니다. 단, 이 선택은 돌이킬 수 없습니다."

"네, 잘 알고 있어요. 그냥 제 기억을 모조리 조각해주세요."

"어떤 결과가 나오는지는 정확히 아시죠?"

"저희 가족이 삼촌에게 사과를 받았다는 기억을 가지고 살 건지, 아니면 제 인생에서 삼촌에 관한 모든 기억을 지울 건지 선택해야 하는 거죠?"

"맞습니다. 그게 저희가 다은 씨에게 제공할 수 있는 두 번째이자 마지막 상품입니다."

양다은 씨는 안면이식 동반 작화증 유도술을 구매한 후 지독한 불면증에 시달렸다고 했다. 그래서 조 실장이 먼저 트라우마 기억 재설정술을 제안했다. 실제 사과를 받은 적은 없지만 진실한 사과를 받은 것으로 기억을 바꿔서 사는 것, 또는 삼촌에 관한 모든 기억, 그러니까 삼촌의 존재와 삼촌이 저지른 악행을 모두 없던 일로 여기도록 기억을 지우는 것, 이 둘 중 하나를 선택해야 하는 상황이었다.

"지난번 서비스를 받으신 후에 행복하지는 않으셨나요?"

하람이 양다은에게 말을 걸었다.

"행복이요? 처음부터 그걸 기대한 건 아니었어요."

읊조리는 듯한 양다은의 차가운 음성에 하람의 얼굴이 붉어졌다. 양다은은 초점 없는 눈빛으로 하람을 바라보며 질문을 던졌다.

"둘 중 뭘 고르면 제가 행복해질 수 있을까요?"

하람이 입을 못 열고 우물거리는데, 조 실장은 하람의 얼굴을 빤히 쳐다보고 있었다. 마치 그 질문에 하람이 뭐라고 답하는지 똑똑히 들어보고 싶다는 듯이. 하람은 아무런 대답을 못 했고, 셋 사이에는 무거운 침묵만이 흘렀다. 조 실장이 먼저 입을 열었다.

"어떤 선택을 하건 안면이식 동반 작화증 유도술에 관한 기억, 그리고 저희와의 기억도 모두 함께 사라집니다. 큰 차이점은 이렇습니다. 전자를 택하면 새로운 기억이 생기게 되고, 후자를 택하면 많은 기억이 지워지게 됩니다."

"예전에 이 상품을 구매했던 사람들은 어느 쪽을 선택했죠?"

"제가 상대한 고객 중에는 이 상품을 구매한 사람이 별로 없습니다. 그리고 그들의 선택이 다은 씨에게 큰 의미가 있을까요?"

양다은은 고개를 숙인 채 입을 떼지 못했다.

"이번에는 양다은 씨를 위한 선택을 하면 좋겠어요. 안면이식 동반 작화증 유도술 때처럼 하지 말고요."

하람이 불쑥 내뱉은 말에 양다은은 고개를 들고 하람의 얼굴을 바라봤다. 굳게 다문 그녀의 입술이 약하게 떨렸다. 양다은은 결국 결정하지 못한 채 돌아갔다. 서비스를 받는 시기와 방법만 정하고, 둘 중에 무엇을 택할지는 L과 마무리하기로 했다.

"하람 씨라면 무엇을 택하겠어요?"

"저는 그냥 안면이식 동반 작화증 유도술로 끝내고 싶어요. 트라우마 기억 재설정술에서 무엇을 택하건 이전의 안면이식 동반 작화증 유도술에 대한 기억을 지우게 되는데, 그건 좀……."

"비겁하다고 생각하나요?"

"……."

"양다은 씨가 안면이식 동반 작화증 유도술을 구매한 결정적 이유가 뭐라고 보세요?"

"복수가 아닌가요?"

"양다은 씨는 안면이식 동반 작화증 유도술을 구매하기 전에 양호성 씨가 어디서, 어떻게 살고 있는지 나름대로 알아봤어요. 양호성 씨가 자신의 가족에게 저지른 일에 전혀 죄책감을 느끼지 않고 있는 듯해서, 많이 괴로워했습니다."

"죄책감을 느끼지 않다니, 어떻게 그럴 수가 있죠?"

"죄를 지은 모든 사람이 스스로 자신의 죄를 깨닫고 뉘우쳐서 죗값을 치르려 한다면, 이 세상에 법이 필요하지도 않을 겁니다. 다은 씨는 아마도 안면이식 동반 작화증 유도술을 통해 양호성 씨가 고통받는 모습을 보면서, 처음에는 위안을 받았을 겁니다. 그런데 한편으로는, 결국 끝까지 양호성 씨가 죄를 깨닫고 뉘우치지 않았다는 사실이 다은 씨에게는 여전히 고통이었을 겁니다. 이제는 돌이킬 방법이 없는 고통이요."

하람이 뭐라고 입을 못 열고 있는데, 조 실장이 자리에서 일어섰다.

"좀 힘드네요. 오늘은 여기까지 하죠."

하람은 조 실장의 얼굴을 바라봤다. 그의 안색이 오늘따라 더 어두워 보였다. 조 실장이 떠난 후 하람은 홀로 카페에 남아 음료수 잔의 얼음까지 모두 씹어 먹으며 생각에 잠겼다.

'기억을 조각하고, 고통을 조작하는 일로 인간을 치유할 수는 없다. 더 컴퍼니가 그것을 알면서 인간 실험을 하고 있다면, 왜? 무엇 때문에? 소이의 오빠가 남긴 자료에 그 비밀이 담겨 있는 걸까?'

취재 수첩 #1

"우리는 각자의 정의를 품고
살아갈 뿐이다."

2027년 5월 18일

아무래도 하람 선배가 장 교수와 더 컴퍼니 일을 하는 것 같다. 선배는 어디까지 알고 있는 걸까? 장 교수는 왜 선배를 끌어들인 걸까? 선배를 믿지만 어디까지 공유해도 좋을지 모르겠다.

2027년 7월 10일

기자 수습을 시작한 지 두 달여가 지났을 시점. 취재하면서 힘든 일, 납득할 수 없는 일이 많았지만 그 기간을 버틸 수 있었던 건 오빠 덕분이었다. 같은 신문사에서 기자로 일하던 오빠는 늘 기자로서 사명감에 불탔다. 내가 진지하게 고민을 털어놓을 때도, 부장 때문에 열받아 할 때도 늘 다독이며 현실적인 조언을 해주었다. 그러던 어느 날 어김없이 밤을 새워 기사를 데스크에 넘기고 집에 도착했는데, 오빠가 미국 광고 에이전시에서 좋은 일자리 제의가 들어왔다며 들떠 있었다.

그렇게 기자라는 직업에 대한 자부심이 넘치던 사람이 뜬금 없이 광고 일을 하겠다고? 그런 오빠를 도저히 이해할 수 없었다. 하지만 워낙 급작스럽게 기자 일과 한국 생활을 정리하고, 마치 다시는 한국으로 돌아오지 않을 사람처럼 급하게 미국으로 떠난 탓에 길게 얘기를 나눠보지도 못했다. 신문사에서는 오빠가 취재하던 아이템들을 내가 계속 맡아보라고 했다. 나는 오빠가 취재하던 자료를 넘겨받았다.

그런데 넘겨받은 컴퓨터 파일, 수첩, 녹취록을 살펴볼수록 뭔가 이상했다. 평소 오빠는 무언가에 미친 듯이 매달려서 밤낮없이 취재에 몰두했었다. 대체 뭘 취재하는 거냐고 물으면 오빠는 심각한 표정으로 대답을 피하곤 했다. 그래서 가족에게도 말할 수 없는 중대한 사건을 취재하는 줄로만 알았는데……. 자료 속 아이템들은 지역의 소소한 잡범들에 관한 뒷얘기 정도였다.

오빠가 이런 것들에 그렇게까지 매달렸다는 게 의아했다. 미국으로 떠난 오빠에게 여러 차례 전화, 이메일로 근황을 묻고 취재 관련 기록을 부탁하기도 했으나, 그때마다 한국에서의 일은 모두 잊은 듯 미국 얘기만 늘어놓을 뿐이었다. 그렇게 답답해하고 있던 차에 남은 짐을 정리하던 어머니가 내게 낡은 노트북 컴퓨터를 내밀었다. 오빠가 대학 때 쓰던 노트북이었다.

　겉으로 보기에도 몹시 낡고 오래된 물건이어서 그냥 버리려고 책상 한편에 밀어두었는데, 며칠 후 집에서 새벽까지 기사를 쓰다가 갑자기 그 노트북이 눈에 들어왔다. 혹시나 하는 마음에 노트북의 전원을 켰지만 비밀번호가 걸려 있었다. 여덟 자리 비밀번호. 오빠에게 메신저로 노트북 비밀번호를 알려달라고 했으나, 오빠는 노트북에 관해 아예 모르는 눈치였다. 이런저런 번호를 입력해보다가 책상 위에 있는 가족사진이 눈에 들어왔다. 몇 년 전 오빠가 기자로 첫 출근을 했던 날, 식구들이 고깃집에 모여서 찍은 사진이었다. 어머니가 각자 한 장씩 갖고 다니자고 성화를 부리셔서 식구 수대로 인화했던 기억이 났다. 사진을 찍었던 날짜를 노트북에 입력해보니 로그인이 됐다.

　그날 나는 노트북 속에 담긴 파일들을 읽어보느라 밤을 지새웠다. 다음 날 오후가 되어서야 파일 속 내용들을 모두 파악했고 바로 오빠에게 메신저로 말을 걸었다. 하지만 오빠는 노트북에 관해서 아무것도 기억하지 못했다. 분명 오빠는 그동안 더 컴퍼니를 취재해왔다. 지금 내가 알고 있는 것보다 더 깊게 더 컴퍼니의 중심을 향해 다가갔었다. 노트북 속 파일을 보며 더 컴퍼니에 관해 이것저것 물었으나, 오빠는 정말 처음 듣는 소리라는 반응만 보였다. 오빠는 그저 내가 음모론을 꾸며내서 장난을 친다는 듯이 받아넘겼다. 더 이상의 대화는 무의미한 것 같아 혼자서 며칠을 노트북 속 파일만 살펴봤다.

조작몽, 이식술, 재설정, 리셋……

처음에는 무슨 말인지 감도 오지 않았던 단어들이 마침내 한 줄기로 엮이며 어렴풋이 이해되기 시작했다. 아마 오빠도 더 컴퍼니에 의해 기억이 지워지고, 재설정되어서 그렇게 미국으로 갔을 것이다. 이게 내가 내린 결론이었다. 그때부터 신문사에 보고하지 않고, 더 컴퍼니의 뒤를 캐기 시작했다. 더 컴퍼니 측에서 오빠가 취재했던 모든 기록을 삭제했지만, 인터넷 연결도 안 되는 구형 노트북에 몰래 기록했던 파일이 있으리라고는 짐작하지 못했던 듯싶다.

그러나 더 컴퍼니에 대해 아무리 취재를 해봐도 제보자가 단 한 명도 없다. 더 컴퍼니 직원을 만났다는 사람도 그다음에 만나면 기억이 없다고 했다. 더 컴퍼니라는 회사 자체도 기억하지 못했다. 그게 다 연기라면, 가능이나 한 걸까?

2027년 7월 12일

더 컴퍼니에 관해 파고든지 한 달여가 지난 시점, 집으로 편지 한 통이 도착했다. 퀵서비스를 통해 배달된 편지였다. 편지의 발신인은 가이아라는 조직이었다. 낯선 이름이었다. 그들은 가이아를 더 컴퍼니에 맞서는 이들의 모임이라고 소개했다. 더 컴퍼니의 사업, 연구에 동참하다가 뜻을 달리하고 나온 이들, 더 컴퍼니의 서비스 과정에서 피해를 받은 이들이 모인 조직. 처음에는 세 명이서 시작한 모임이었으나, 지금은 조직 구성원의 수가 스무 명은 넘는다고 했다. 그들은 오빠가 미국으로 떠나게 된 과정, 내가 오빠의 뒤를 이어서 더 컴퍼니를 캐고 있는 상황, 모든 것을 알고 있었다. 그리고 가이아는 더 컴퍼니가 벌이고 있는 일들을 막기 위해 노력하고 있다고 했다.

그들은 자기들 조직이 언제까지 지속될지, 언제 갑자기 와해될지, 장담할 수 없다고 했다. 현재 모여 있는 이들도 그저 운이 좋았기에 리셋당하지 않고 살아갈 수 있는 거라고 했다. 그래도 조직이 유지되는 한 나를 돕고 싶다고 했다. 그 뒤로 알게 모르게 마주했던 크고 작은 위협에서 나를 도와준 이들이 바로 가이아였다.

2027년 7월 16일

드디어 제보다! 그런데 단 한 줄, 2027년 7월 24일 오전 7시 30분. 케냐에서 인천공항으로 입국. 10세 남아.

상품:

브로카&베르니케 이식술 ^{#1}

"인간은 모든 것을 거래한다.
그곳에서 풍요와 비극이 피어난다."

하람의 고민이 깊어졌다. 어제저녁 아버지의 역정 때문만도, 그 역정을 피하기 위해서는 일자리를 지켜야 한다는 생각 때문만도 아니었다. 보이지 않는 무거운 무언가가 하람을 짓누르고 있었다. 하람은 더 깊숙하게 들여다보고 싶었다. 대체 무엇을 위해 이런 상품을 파는지. 하람은 조 실장에게 받은 서류를 찬찬히 살폈다.

상품: 브로카&베르니케 이식술
고객: 임형식

더 컴퍼니에서도 처음 진행되는 프로젝트 상품이었다. 파일 안에는 임형식이라는 사람의 이력서가 붙어 있었다. 정확하게 이력서라고 볼 수는 없으나, 대충 이력서와 비슷한 모양이었다. 가난한 농부의 아들, 3남 2녀 중 장남, 초등학교 1학년 때 부친 사망, 고등학교 졸업 후 국내 굴지의 전자 회사에 취업, 50대 초반인 현재 이사, 보유 자산은 대략 48억 원.

가족 관계도 적혀 있었다. 아내, 아들, 딸, 이렇게 네 식구. 아내는 전업주부, 아들은 고등학교 2학년 때인 지난해 성적 비관으로 자살, 딸은 현재 중학교 2학년으로 성적은 중상위권 수준. 하람은 임형식의 아들이 자살했다는 사실에 크게 놀랐다. 성적은 상위 10퍼센트 수준이었으나, 영어 성적이 상대적으로 좋지 않았다. 아버지는 아들이 서울 지역 의대에 진학하기를 희망했으나, 아들의 성적으로는 어려웠다. 성적과 진로 문제로 아버지와 갈등이 심했다고 적혀 있었다. 아들 사망 후, 정식으로 장례식을 치르지 않고 가족들 입회하에 화장해서 봉안당에 안치. 특이하게도 임형식 씨는 아들을 화장한 당일 하루만 결근하고, 이튿날부터 정상 근무했다고 기록되어 있었다. 당시 회사에서 신제품 출시를 앞둔 시점이었다고.

'정말 지독한 사람이네.'

브로카&베르니케 이식술의 대상은 임형식 씨의 딸인 임은정이었다. 임은정의 학업 성적, 장래 희망, 아버지와의 갈등 요인 등이 정리되어 있었다. 그런데 파일을 끝까지 살펴봐도 브로카&베르니케 이식술이 무엇인지는 알 수 없었다. 다만, 상품의 판매가에 관해서 다음과 같은 내용이 파일의 마지막 페이지에 적혀 있었다.

판매가: 2억 4000만 원

산정 기준: 자체 학습 시 투자 비용＋기회비용 할증 100%

자체 학습 시 투자 비용: 4000만 원/1년×3년＝1억 2000만 원

기회비용 할증률: 최종 소비자가 미성년자이므로 투자 비용만큼만

산정＝1억 2000만 원

무엇 때문인지는 알 수 없으나, 지난번과 비교하면 어마어
마한 가격의 상품이었다. 마지막 장의 뒷면에 내용이 좀 더
적혀 있었다.

공급자 관리: 케냐 사무소

공급자: 10세, 남성, 2남 2녀 중 장남, 학력 사항 없음, 전자쓰레기
소각장 근무 중.

가족 관계: 2년 전까지 부유하게 살았음. 부친은 정치적 사건에 연루
되어 사망. 부친 사망 후 재산이 몰수됨. 모친은 폐렴으로 거동 불편.
첫째 여동생은 전자쓰레기 소각장 근무. 둘째, 셋째 동생은 특이 사항
없음.

이 내용이 파일의 끝이었다.

'케냐 사무소? 공급자? 대체 무슨 의미일까?'

휴대폰의 벨이 울렸다. 조민석 실장이었다. 브로카&베르니케 이식술의 고객인 임형식 씨와 약속이 잡혔다고 했다. 모레 4시였다.

"내가 준 파일을 보고, 공급자가 고객에게 뭘 주면 되는지, 그런 상황에서 두 사람이 무엇을 주고받으면 서로 행복해질지 생각해보세요."

◈◈◈◈◈◈

이틀 후 오후 4시, 임형식은 나타나지 않았다.

"조 실장님, 브로카&베르니케 이식술 미팅은 취소됐습니다."

L은 오늘도 어김없이 포니테일 머리를 하고 하얀색 블라우스, 검은색 재킷과 정장 바지를 입고 있었다.

"연락이 왔습니까?"

"네. 임형식 씨 측에서 거래를 포기했습니다."

"그렇군요. 그러면 초기화 작업을 바로 진행하세요."

"네. 초기화 팀을 임형식 씨에게 바로 보내겠습니다."

여자는 인사도 없이 몸을 돌려 자리를 떠났다.

"L은 나중에 하람 씨와도 함께 일하게 될 겁니다."

하람은 L에 관해 더 묻고 싶었지만, 왠지 조 실장이 말을 끝내버리는 느낌을 받아 입을 다물었다.

"4시가 다 되어가는데 나타나지 않아서 이상하다고 생각했습니다. 보통 그런 사람이라면 더 일찍 나타날 텐데."

"그럼 그 브로카&베르니케 이식술, 임형식이란 사람은 거래를 안 하나요?"

"그렇게 됐네요. 이유가 뭔지는 몇 가지 짐작이 되기는 합니다. 브로카&베르니케 이식술이 뭔 것 같습니까?"

"글쎄요."

"임형식 씨 딸인 임은정 양에게 케냐의 그 남자아이가 뭘 공급할 수 있을까요?"

"글쎄요. 혹시 뭐 장기이식이나 그런……."

"왜 그렇게 생각했죠?"

"제가 잘은 모르지만, 케냐에 있는 그 아이, 생활이 극도로 어렵고, 전자쓰레기 소각장에서 일한다고 하는데, 상상할 수 없을 정도로 위험하고 비참한 곳으로 알고 있습니다. 안전 설비나 변변한 장비도 없이, 맨몸으로 전자 제품 쓰레기를 처리하는 일이잖아요. 너무나도 거칠고 혹독한. 그런 곳에서 사는 어린아이에게 대기업 임원의 딸이 받을 수 있는 거라면……."

"좀 비슷하기도 한데, 다르네요. 이식하기는 하는데, 장기는 아닙니다. 언어능력을 이식합니다."

"네? 그게 무슨 말입니까?"

"말 그대로입니다. 케냐에 사는 그 소년은 이중 언어를 구사합니다. 스와힐리어와 영어. 그중에서 임은정 양이 필요로 하는 건 주로 영어이기는 합니다만, 케냐 소년의 언어능력을 이식하려던 겁니다."

"아니, 어떻게 그런…… 그럼 무슨 뇌라도 이식한다는 건가요?"

"그건 아닙니다. 뇌를 이식하면 케냐 소년이 죽게 되는데, 그건 아니지요. 또 그렇게 되면 임은정 양 입장에서도 몸만 임은정이지 머리는 케냐 소년인데, 그런 결과를 원하지는 않습니다. 간단히 보면 이렇습니다. 케냐 소년의 뇌에서 언어를 처리하는 영역에 전기적 자극을 주고, 그 반사 신호를 읽어내서 그 신호를 다시 임은정 양의 머릿속에 기록합니다. 결과적으로 임은정 양은 현재 본인이 보유한 언어능력과 더불어 그 케냐 소년이 보유한 언어능력의 90퍼센트 이상을 덤으로 얻게 됩니다."

"어떻게 그런, 그런 게 가능한가요?"

"조작몽 동반 안락사보다 더 비현실적으로 보이나요?"

조 실장은 입꼬리가 올라갈 정도로 미소를 보이며 레모네이드를 깊게 들이켰다.

"그런데 그러면 케냐 소년은 괜찮나요?"

"어떤 부분이 괜찮은지를 묻는가에 따라 다르겠네요."

"케냐 소년의 건강에는 문제가 없나 해서요."

"케냐 소년의 몸에는 아무런 장애가 없습니다. 다만, 언어능력의 80퍼센트 가까이를 상실하게 됩니다. 회사가 가진 기술, 브로카&베르니케 이식술의 한계 수준이 아직은 그렇습니다. 아직 정확하게 원인과 예방책을 파악하지는 못했지만, 소년의 뇌에서 언어능력을 추출하는 과정에서 언어능력 대부분을 잃게 됩니다."

"그 소년에게 어떻게 그런 일을 시킬 수가 있습니까?"

"소년이 언어능력을 영구적으로 잃지는 않습니다. 브로카&베르니케 이식술이 끝난 후에 대략 한두 살 정도의 언어 상태로 돌아갑니다. 그러니까 그 상태에서부터 다시 언어능력을 키우게 되고, 몇 년이 지나고 나면 원래와 엇비슷한 수준으로 회복하기는 합니다."

"엇비슷하다는 게 어떤 뜻이죠?"

"소년이 스와힐리어와 영어를 구사할 수 있게 되기는 하지만 원래만큼, 그 나이 또래만큼은 아니라는 거죠. 또는 모국어를 구사하는 것과는 좀 다르게, 그러니까 미묘하고 복잡한 부분에서의 언어능력까지 다 회복하기는 어렵다는 의미입니다.

말하자면 20대 때 미국에 가서 살게 된 사람이 나중에 구사하게 되는 영어 실력 정도, 뭐 굳이 비유하자면 그런 수준의 언어능력을 커가면서 회복하게 됩니다."

"그렇다면 결국 뭔가 장애가 남는……."

"그렇게 볼 수도 있지요. 살아가는 데 별문제는 없겠지만, 모국어를 쓰는 사람들 입장에서는 그 소년의 언어가 모국어가 아닌 걸 알 겁니다."

"너무 잔인한 것 아닌가요?"

"거래 금액이 2억 4000만 원입니다."

"그렇다고 해도 그건……."

"회사에서는 그중에서 10퍼센트 정도의 금액만 받고 나머지는 모두 케냐의 소년에게 지급합니다. 장 교수님도 수업 중에 전자쓰레기 마을을 다룬다고 알고 있습니다. 하람 씨도 그 현실을 알고 있지요?"

"……."

"그 소년은 그 마을을 몇 년 안에, 아니 당장 오늘이라도 떠나지 않으면 언제 부모처럼 될지 알 수 없습니다. 그 정도 돈이면 안전한 공간에 거주하면서 어머니가 치료도 받고, 동생들이 위험한 일도 하지 않고, 배고프지 않게 지낼 수 있습니다. 하람 씨가 그 케냐 소년의 입장, 또는 그 소년의 어머니 입장이라면 거래를 안 할 것 같습니까? 임형식 씨의 경우, 아들의 죽음이 트라우마입니다. 그래서 딸인 임은정 양에게만은 영어를 원어민처럼 할 수 있게, 단기간에 된다면 뭐라도 하려고 했던 겁니다."

"그래도 그 정도 위치, 재산이면 다른 방법도 많았을 텐데⋯⋯."

"그런 위치에 처음부터 있었던 것도 아니고, 어쩌면 지금 그런 위치에 있기에 다른 방법을 쓰지 못한 것이기도 합니다. 임형식 씨는 현재 동일 직급자 중 유일한 고졸 학력자입니다. 아내는 부모님이 짝지어준 동향의 중졸 학력자입니다. 현재와 같은 재산을 확보하게 된 것은 회사에서 받은 스톡옵션을 매각한 최근 몇 년 전입니다. 그전에는 서울 강북 지역에 있는 작은 아파트 한 채가 전 재산이었어요. 대기업에 근무해서 급여가 낮은 편은 아니었지만, 고향에 있는 부모님과 동생들을 돌보느라 본인과 가족의 삶은 꽤 팍팍했습니다. 내가 준 파일에 대충 나와 있던 내용이죠. 자식들을 잘못 돌봤다고 할 수는 없지만, 아무튼 이제 자식들을 좀 더 뒷바라지하려고 했는데 아들이 그렇게 떠났고, 그래서 이제 딸아이에게 뭔가를 해주려던 거였죠."

"다른 방법이 없는 게 아닌데 왜 꼭 그런 방법을⋯⋯."

"마음의 시간이 촉박해서죠. 뭐 이런 표현은 임형식 씨를 좀 펀드는 표현이고, 그냥 객관적으로 말하자면, 돈이 있는 사람들은 기다리는 데 익숙하지 않습니다. 오래 기다리고, 멀리 가야 하고, 그런 건 언제나 가난한 자들의 몫입니다. 임형식 씨는 가진 자의 방법을 택하려던 것뿐입니다."

"그런데 왜 갑자기 취소를……."

"잘은 모르지만, 윤리적인 갈등이나 공포 뭐 그런 것보다는 이런저런 불안감 때문이었을 겁니다. 뭔가를 많이 가지게 되면 기다림을 못 참기도 하지만, 불안함도 못 참죠. 이 경우는 아마도 불안함을 버리고 기다림을 택한 셈이겠네요. 결국, 기다림이 또 다른 불안함을 가져올 수 있지만……."

조 실장이 말끝을 흐리며 다시 고개를 돌려 창밖을 바라봤다. 그러고는 팔짱을 끼고 흐뭇한 미소를 지었다. 하람은 조 실장의 시선을 따라 창밖을 바라봤다. 한 무리의 학생들이 왁자지껄하게 떠들며 지나가고 있었다.

"기다림이나 불안함, 지금 저 학생들에게는 이런 게 어떤 의미가 있을까요? 가까운 미래에 관한 기다림은 설렐 것이고, 먼 미래에 관한 기다림은 두려울 것이고, 모두가 같은 곳에서 같은 생활을 하는 오늘은 덜 불안한 것이고, 언젠가 서로 길이 갈라지게 되면 그때는 많이 불안해하겠지요."

하람이 조 실장의 말에 무어라 답할지 몰라 머뭇거리고 있는데, 조 실장이 자리에서 일어섰다.

"미팅은 취소되었으니, 나가서 바람이나 쐽시다."

조 실장은 하람의 대답은 듣지도 않은 채 카페 문을 열고 성큼성큼 밖으로 나선 뒤 연못을 향해 걸어갔다. 하람은 발걸음을 빨리해서 조 실장 옆으로 따라붙었다. 조 실장은 연못의 뒤쪽 벤치에 먼저 자리를 잡았다. 벤치 옆에서 여자아이 둘이 팽이 놀이를 하고 있었다. 그 뒤로 할아버지 한 분이 벤치 모서리에 걸터앉아 두 손을 지팡이 끝에 의지한 채 아이들을 지켜보고 있었다.

"하람 씨, 팽이 잘 돌리나요? 어렸을 때 많이 갖고 놀았죠?"

"네. 동네에서 친구들하고 많이 했죠."

"어떻게 하면 팽이가 안 넘어지나요?"

"그야 뭐, 중심을 잘 잡아줘야죠. 적당한 힘으로 잘 쳐가면서."

"우리가 다루는 상품은 팽이랑 비슷합니다. 저기 아이들이 각자 팽이를 돌리고 있네요. 두 개의 팽이가 모두 넘어지지 않고 계속 돌기 위해서는 각자의 중심을 잘 잡아야 합니다. 자기가 서 있는 위치에서요. 정해진 중심이란 없습니다. 자신이 서 있는 위치에서 자신만의 중심을 잡아야 하죠. 그래야 팽이가 넘어지지 않습니다. 동시에 다른 팽이의 중심에 너무 가까이 가서도 안 됩니다. 그러면 두 팽이가 부딪쳐 결국 둘 다 쓰러지게 됩니다. 상품을 판매하는 우리, 그리고 상품을 구매하는 고객들, 모두 팽이와 같습니다. 나와 하람 씨도 각자 자신만의 팽이가 있고요."

"각자의 팽이라니…… 상품, 고객에 관한 실장님의 생각을 제가 이해하고, 뭐 그래야 하는 게 아닌가요?"

"물론 이해하는 건 좋습니다. 그런데 이해하는 것과 그게 하람 씨의 생각이 되는 건 별개의 문제입니다. 나는 내 생각을 하람 씨가 그대로 복제해서 간직하길 바라지는 않습니다. 그럴 수도 없고요. 하람 씨는 하람 씨만의 중심을 찾아야 하고, 그래야 회사의 상품을 제대로 다룰 자격이 생깁니다. 회사나 내 생각이 아닌 하람 씨만의 생각을 가져야 하람 씨가 이 상품들을 온전히 다룰 수 있게 됩니다."

작은 아이의 팽이가 한쪽으로 쏠리더니 큰 아이의 팽이에 살짝 부딪쳤다. 그러고는 작은 아이의 팽이가 먼저 쓰러졌다. 순간 큰 아이는 이겼다며 자리에서 폴짝거리며 좋아했는데, 금세 큰 아이의 팽이도 힘을 잃고 쓰러져버렸다.

"녀석들, 다시 잘 돌려봐."

곁에서 아이들을 바라보던 할아버지가 지팡이에서 한 손을 떼어 흔들며 아이들을 향해 미소를 보냈다.

"그런데 아까 그 L이라는 여자분에게 한 말, 초기화는 무슨 의미죠?"

"컴퓨터에 소프트웨어 설치해봤죠? 소프트웨어를 설치하다가 중간에 취소하려고 하면 어떤 메시지가 나옵니까?"

"정말 취소할 거냐, 설치하던 파일 다 지울 거냐, 뭐 그런 것 아닌가요?"

"그렇죠. 초기화는 상품 구매를 알아보던 전 단계로 고객을 돌려놓는 작업입니다."

"전 단계, 그게 무슨 의미죠?"

"임형식 씨의 경우는 아내와 딸 모두에게 말하지 않고, 본인 혼자서만 이제까지 브로카&베르니케 이식술에 관해 고민해왔습니다. 그런데 이제 브로카&베르니케 이식술을 진행하지 않기로 했으니, 임형식 씨가 상품에 관해 알고 있는 모든 지식을 지워야 합니다."

"지운다니, 그게 어떻게 되는 거죠?"

"말 그대로입니다. 임형식 씨는 브로카&베르니케 이식술과 관련해서 회사와 접촉한 초기에 상품 구매를 안 할 경우 모든 지식이 삭제된다는 점에 동의했습니다. 이와 비슷한 동의는 하람 씨도 예전에, 나를 처음 만났을 때 한 적이 있습니다."

"네? 제가 언제 그런?"

조 실장은 별말 없이 연못만을 바라봤다. 하람은 순간 조 실장과 처음 면접을 볼 때 조 실장이 했던 말을 떠올렸다.

'고객을 함께 만나본 후에 이 일을 혹시라도 원하지 않으면, 오늘 나를 만나고, 고객을 만났던 모든 기억을 지워야 합니다. 동의합니까?'

조 실장은 하람 쪽으로 다시 고개를 돌리며 말을 이었다.

"초기화된다고 해서 임형식 씨에게 피해가 되는 점은 전혀 없습니다. 그저 브로카&베르니케 이식술에 관한 정보, 회사와 접촉했던 것, 이런 부분만 삭제됩니다. 하람 씨도 걱정할 필요는 없습니다."

조 실장은 하람을 잠시 바라보더니 고개를 돌려 다시 연못을 바라봤다.

"그리고 회사에 관해 인터넷 검색을 해보는 건 좋은데, 검색해도 어떠한 정보도 없을 테니 그만 찾아보는 게 좋을 겁니다."

"인터넷을 아무리 뒤져도 회사에 관한 정보, 조작몽 동반 안락사, 브로카&베르니케 이식술, 이런 것들은 전혀 없는데, 고객들은 대체 어떻게 알고 찾아오나요?"

"고객들이 찾아오는 게 아닙니다. 우리가 찾아갑니다. 우리가 고객을 찾는 방법은 통상 두 가지입니다. 한 가지는 기존 고객 중에서 본인이 구매한 상품을 주변에 권해주고 싶은 경우, 먼저 우리에게 연락합니다. 그러면 우리가 기존 고객이 추천한 사람을 조사해보고 그 사람에게 상품이 적절한지 살펴봅니다. 우리의 판단이 서면 그때 그 사람에게 직접 연락합니다. 기존 고객이 본인이 추천하고 싶은 사람이 있다고 해서 상품 정보를 바로 그 사람에게 말하는 것은 엄격하게 통제하고 있습니다. 또한, 기존 고객이 다른 사람을 추천하는 경우는 단 1회로 제한합니다. 무분별한 추천을 막기 위함이죠. 고객을 찾는 다른 방법은 우리가 먼저 나서는 경우입니다. 우리는 미디어에서 공개하는 자료는 물론이고, 여러 경로로 매우 다양한 정보를 수집해서 분석하고 있습니다. 적임자를 탐색하면 역시 우리가 그 사람에게 직접 연락합니다."

"그런데, 그런 방식으로 상품이 충분히 판매되나요?"

조 실장은 대답 대신 잠시 하늘을 바라봤다. 햇살에 눈이 부신 건지, 아니면 빙긋 웃는 건지, 조 실장의 눈꼬리가 가늘게 떨렸다.

브로카&베르니케 이식술 #2

> "시장에서 거래되는 것은 가치가 아니다.
> 인간의 욕망이다."

브로카&베르니케 이식술의 공급자로 나섰던 케냐 소년은 얼마 후 한국에 들어왔다. 다른 고객과 거래가 연결되었기 때문이다. 케냐 소년이 오던 날, 하람은 조 실장과 함께 인천공항으로 마중을 나갔다. 작은 체구, 동그랗고 커다란 눈, 덥수룩한 머리, 이게 소년에 관한 하람의 첫인상이었다. 조 실장과 비슷한 연배의 케냐 여성이 소년과 동행했는데, 케냐에서 활동하는 에이전트라고 했다. 소년의 가족 중에는 동행할 만한 사람이 없어서 소년만 에이전트를 따라 한국으로 들어왔다. 하람은 처음 소년을 가까이서 보고는 바닥에 한쪽 무릎을 대고 구부정한 자세로 소년에게 악수를 청했다. 소년은 잠시 머뭇거리더니 케냐 에이전트가 무슨 말을 건네자 하람에게 손을 내밀었다. 소년의 작은 손은 몹시 거칠고 상처가 가득했다. 함께 차를 타고 한동안 이동했는데, 소년은 창밖만 무심히 바라볼 뿐 아무런 말도 꺼내지 않았다. 하람이 무슨 말이라도 꺼낼까 하는데 조 실장이 막아섰다.

"상품 공급이 끝나면, 소년의 기억은 케냐에서 잠들던 이틀 전 저녁으로 돌아갑니다. 저 소년은 여기에 온 것, 이런 거래가 있었다는 것도 기억하지 못할 겁니다. 지금은 그냥 편하게 창밖을 보게 두지요."

차창 밖으로 어둠이 내려앉은 해명 외곽이 보였다. 적막 속에서 조 실장이 입을 열었다.

"10분 정도면 시설에 도착할 겁니다."

그 순간, 멀리서 승합차 두 대가 속도를 내며 다가왔다. 그러고는 조 실장 일행의 차량을 에워싸듯 앞뒤로 막아섰다. 복면을 쓴 사람들이 차에서 뛰어내려 총을 겨누며 다가왔다. 순식간에 벌어진 상황이었다. 승합차의 문이 열리는 순간, 하람은 그 안에서 소이를 봤다. 복면을 쓰고 있어 눈밖에 보이지 않았지만 분명히 소이였다.

'소이! 소이가 왜?'

그때 누군가 외쳤다.

"아이가 있다!"

소년을 감싸안은 케냐 에이전트가 비명을 질렀지만 소용없었다. 복면을 쓴 이들은 차에서 소년을 끌어내려 자신들의 승합차에 태우고 순식간에 사라졌다. 조 실장 일행은 속수무책으로 당할 수밖에 없었다. 조 실장은 즉시 장 교수에게 전화를 걸어 이 상황을 보고했다.

　보고를 받은 장 교수는 연구실에 있던 집기를 사방으로 집어 던졌다. 넥타이를 풀어 헤치고 소파에 누운 듯 기대어서 천장을 바라보며 한동안 거친 숨을 몰아쉬었다. 책상 서랍에서 소주병을 꺼냈다. 미지근한 소주를 생수라도 마시듯 단숨에 목구멍으로 넘겼다. 반 병 정도가 비워졌다. 장 교수는 L에게 전화를 걸었다. L은 신호가 울리기도 전에 전화를 받았다.

　"교수님, 이번에도 정소이 기자가 관련된 것 같습니다."

　"왜 리셋이 그 아이에게만 먹히지 않는 건지 모르겠다. 작업에 문제가 생긴 게 아니라면."

　"그건 아닙니다. 분명 리셋 직후에 확인했을 땐 이상이 없었어요."

　그날 신문사에도 집에도 소이는 나타나지 않았다. 하람의 휴대폰에는 소이에게 건 부재중 전화와 메시지만 쌓여갈 뿐이었다.

◈◈◈◈◈

　다급해진 하람은 장 교수의 연구실 문을 벌컥 열고 들어섰다. 장 교수는 책상 위에서 라이터를 집어서는 주머니에 넣었다. 조 실장이 갖고 있던 그 라이터였다. 장 교수의 손에는 태블릿이 들려 있었다. 장 교수는 하람에게 인사를 건네면서도 한동안 태블릿 화면을 응시하고 있었다.

"중요한 얘기가 있나 본데?"

평소와 달리 하람에게 먼저 용건을 묻는 장 교수의 말투가 차가웠다. 하람 역시 장 교수에게 말을 고를 여유가 없었다.

"교수님, 소이가 더 컴퍼니를 취재하고 있는 거 아시죠."

장 교수는 자세와 표정에 아무런 변화 없이, 계속 얘기를 해보라고 했다. 깍지 낀 두 손으로 턱을 받친 채, 평온한 표정으로 하람의 말을 기다렸다. 하람은 소이와 만나면서 알게 된 것들, 소이가 더 컴퍼니를 어떻게 취재하고 있는지를 장 교수에게 설명하며 반응을 살폈다.

"소이가 계속 취재를 할 것 같니?"

"계속 취재를 한다면 어떻게 되죠?"

장 교수는 깍지 낀 손을 풀고 의자에 등을 기대고 고개를 돌려 창밖을 바라봤다. 하늘인지, 나무인지, 건너편 건물인지, 하람은 장 교수가 무엇을 바라보는지 알 수 없었다.

"너도 알다시피, 세상에 널리 공개할 내용은 아니어서, 소이가 너무 깊게 들어오지는 않았으면 싶었다."

"소이가 지금 위험해요. 교수님께서 소이를 설득해주시면 안 될까요? 아니면 사실대로 다 말을 하시던가요."

"글쎄다. 내가 뭘 안다고."

"교수님도 더 컴퍼니의 멤버시잖아요."

"……."

"다 아시잖아요. 소년이 사라졌어요. 그것도 소이하고요. 무고한 사람들이 다치는 걸 원하지 않으시잖아요. 교수님, 그런 분 아니잖아요. 약속해주세요. 소이도 소년도 다 무사히 집으로 보내주겠다고요. 제발요!"

하람은 절규했다. 순간 장 교수의 왼쪽 눈썹이 살며시 떨렸다.

"네가 소이 때문에 잠시 흔들리는 것 같은데, 곧 너 스스로 잘 정리하고 단단해지리라 믿는다. 아마 조 실장도 비슷한 생각일 게다."

하람은 장 교수가 이 상황을 참으로 가벼이 여기고 있다고 느꼈다. 그런 장 교수의 태도에 하람은 순간 분노를 감추지 못했다.

"대체 저를 왜 더 컴퍼니에 끌어들이신 건지 모르겠습니다!"

"끌어들이다니, 내가 너를 끌어들였다고 생각해왔니?"

"그게 아니면요?"

장 교수가 깊은 한숨을 내쉬고는 상황에 맞지 않게 인자한 모습으로 하람을 바라봤다.

"대학 다닐 때 수업에서 토론했던, 경험 기계를 기억하니?"

장 교수의 뜬금없는 질문에 하람은 순간 당황했으나, 장 교수의 평온한 표정을 보며 말을 꺼냈다.

"철학자 로버트 노직이 고안한 것 말씀하시는 건가요?"

"그래, 기억하는구나. 그래야지. 노직의 저서 『안아키』에 등장하는 경험 기계를 놓고 수업에서 토론했었지. 경험 기계는 노직의 상상 속 기계였다. 사람을 완벽한 환상 속으로 인도하고, 그들이 원하는 모든 경험을 가상으로 체험하게 해주는 장치. 물리적 현실에서는 달성하기 어려운 궁극적인 행복이나 만족을 경험하게 해주는 기계. 그러면서 경험자 스스로는 그게 가공의 경험이라는 것도 인지하지 못하는 것. 그게 경험 기계였지. 어쨌든 상상 속 기계일 뿐이었지만."

"그런데, 갑자기 경험 기계 얘기를 왜……."

"수업 중에 경험 기계를 받아들일지 말지를 놓고 격론을 벌였던 것 기억하니?"

"네, 기억합니다. 교수님이 논쟁에서 이기는 쪽에 학점을 몰아준다고 하시는 바람에 분위기가 상당히 격앙됐지요."

"그랬지. 내가 좀 짓궂었지."

"그런 뜻은 아니었지만……."

"아니다. 아무튼, 그때 네가 했던 말 기억하니?"

장 교수는 휴대폰을 앞으로 내밀고는 녹음 파일 하나를 재생했다.

"저는 로버트 노직의 경험 기계에 찬성하는 입장입니다. 왜냐하면, 이 기계는 우리에게 궁극적인 행복과 만족을 얻을 수 있는 가능성을 열어주기 때문입니다. 우리가 추구하는 삶의 질적 가치는 결국 경험을 통해 정의되며, 경험 기계는 그러한 경험을 최적화할 수 있는 수단을 제공합니다. 물리적 현실 세계에서 우리는 물리적, 사회적 제약으로 인해 원하는 경험을 할 수 없는 경우가 많습니다. 그러나 경험 기계 안에서라면 우리는 이러한 제약에서 자유로워지고, 자신이 진정으로 원하는 경험을 통해 보다 풍부한 삶을 살 수 있습니다. 물론 경험 기계가 제공하는 것이 가공된 것이라는 점에서 윤리적, 철학적 질문이 생기지만, 만약 그 경험이 우리에게 진정한 만족과 행복을 줄 수 있다면, 그것이 물리적 현실이 아니라고 해서 그 가치를 낮게 평가할 이유는 없습니다. 결국 중요한 것은 우리가 얼마나 풍부하고 만족스러운 삶을 살 수 있는가입니다. 또한 그러한 경험을 통해, 그것이 물리적 실존 경험이 아니더라도 가공의 세계에서 자신의 선택으로 경험할 수 있는 것이라면, 궁극적으로는 그 결과가 진정한 인간다움에 가까워지리라 기대합니다. 로버트 노직의 경험 기계는 그러한 삶을 가능하게 하는 하나의 방법이 될 수 있습니다. 그리고……."

장 교수는 휴대폰의 멈춤 버튼을 눌렀다.

"기억나지? 그때 수업에서 네가 발표한 내용이야. 이 얘기 듣고, 네게 A+ 학점을 줬었지."

돌이켜보니, 이 논쟁이 출발점이었다. 하람이 장 교수와 깊은 인연을 맺은 출발점. 이 논쟁이 있은 후 장 교수의 제안으로 하람은 장 교수가 진행하는 메타버스 프로젝트에 참여했었다. 당시 장 교수는 전쟁에 참여했던 군인들의 외상 후 스트레스 장애를 치료하기 위한 메타버스 공간을 설계하고 있었다.

"나는 그때 생각했다. 너라면 다음 단계를 향해 나아갈 수 있으리라고."

"다음 단계요?"

"그래, 그리고 기억하지? 네가 그때 디자인했던 메타버스 감옥. 그 감옥의 이름도 네가 붙였잖니? 안타고니아라고."

외상 후 스트레스 장애 치료를 위한 메타버스 프로젝트가 끝나갈 때쯤이었다. 장 교수는 프로젝트에 참여한 연구원들에게 메타버스 공간에 무엇을 만들고 싶은지 자유롭게 제안해보라고 했다. 가장 마음에 드는 제안을 한 연구원에게 프로젝트 인센티브를 최대치로 몰아준다고 발표했다. 그때 하람이 제안했던 아이디어가 안타고니아였다.

"하람아, 네가 그랬잖니? 물리적 세상의 교도소는 참으로 비효율적이고, 목적에 맞지 않게 운영되는 것 같다고. 자신이 저지른 죄로 타인에게 고통을 입힌 죄수들이 안타고니아라는 메타버스 감옥에서 그 고통을 똑같이 느낀다면 어떻겠느냐고."

장 교수의 표정에 섬뜩한 기운이 감돌았다. 하람은 아무런 대꾸를 하지 못했다.

"그때 네가 제시했던 예시 중에 이런 것도 있었지? 비리를 저지른 탐욕스러운 정치인들을 안타고니아에 가둔다면, 그들을 메타버스 속의 거대한 정화조, 분뇨 통에 집어넣고, 혐오스러운 구더기들이 자신의 살갗을 파고드는 고통을 느끼게 하면 어떻겠느냐고."

"그건, 그때 제가 좀……."

하람이 뭐라 긴 이야기를 꺼내려는데, 장 교수가 하람의 말을 막았다.

"아니야. 난 그때 네 생각이 옳다고 판단했어. 너도 언젠가는 알게 되겠지만, 우리는 아르카디아라는 거대한 메타버스 세상을 이미 완성했단다. 그리고 그 안에는 하람이 네가 꿈꿨던 안타고니아도 이미 존재하고."

"어떻게 그런 일이……."

"나는 네가 졸업 후에 잠시 방황하다가, 다시 내게 찾아올 거라 믿고 있었다."

장 교수는 광기 어린 얼굴로 하람을 바라봤다. 하람은 그런 장 교수에게 압도되어 말을 잇지 못했다.

"오늘은 이쯤에서 끝내자. 내가 회의도 있고 해서. 그리고 소이가 다치는 일은 없을 테니 너무 걱정하지 말고."

하람이 떠난 뒤 장 교수는 자신이 내뱉은 말을 곱씹었다. 하람이 메타버스 세계를 만드는 데 일조했다는 사실을 알게 한 것이 잘한 일인지……. 조금 후회가 되기도 했다. 오늘은 대화하기 적절한 날이 아니었을지도 모른다. 아르카디아에 있는 아내와 통화를 하는 날이었기 때문이다. 장 교수는 태블 릿에 남겨진 녹화 영상을 몇 번이고 되돌려봤다. 그의 볼에 눈물이 흘렀다. 차오르는 눈물을 멈출 수 없었다. 연구에 매진 한다는 핑계로 아내에게 소홀했던 자신을 원망했다. 아내를 다시 만날 수만 있다면 그는 무엇이든 할 수 있었다.

'나약한 인간을 슬픔과 고통의 늪에서 구원해줄 기계가 반드시 필요해. 하람이 너도 언젠가 이해하는 날이 올 거다. 난 그렇게 믿어.'

✦✦✦✦

그날 저녁, 하람은 소이의 실종 신고를 해야겠다고 마음먹었다. 경찰보다는 사설 업체가 나을지도 모른다고 생각했다. 업체를 찾고 있을 때 전화가 왔다. 발신자 표시 제한 전화였지만, 하람은 소이라는 것을 직감했다. 벨 소리가 울리기도 전에 전화를 받았다.

"오빠, 나야."

"너 괜찮아? 지금 어디야?"

하람은 속사포처럼 질문을 퍼부었다.

"소이야, 내가 다 말해줄게. 어딘지 말만 해. 내가 갈게. 내가 다 말해줄게. 나, 더 컴퍼니에 관해 알고 있어. 아니, 나도 그들 중 하나야."

"나도 알고 있었어."

"뭐? 그러면서 왜 그동안 아무 얘기도 안 한 거야?"

소이는 장 교수, 조 실장, L, 그리고 하람까지, 더 컴퍼니와 관련해 하람이 알고 있는 인물 모두를 이미 알고 있었다.

"나 지금 오빠랑 조 실장이 데려가려던 아이와 같이 있어. 아이는 곧 무사히 배를 타고 한국을 빠져나갈 거야. 그리고, 곧 더 컴퍼니에 대한 기사를 낼 거야."

"소이야, 너무 위험해."

"위험한 건 나도 알아. 그래도 오빠가 나를 막을 수는 없어. 아니, 막으려고 하지 말아줘."

"소이야!"

"나 기자잖아. 나는 내가 뭔가를 막거나 바꾸는 역할을 하는 것도 아니고 그럴 힘도 없다고 봐. 단지 세상에 알려야 할 것을 찾아내서 그대로 알리는 게 내 역할이야. 오빠한테 하나만 부탁할게. 내가 알아야 할 게 있어."

"뭔데? 뭘 더 밝히려는 건데?"

"오빠는 장 교수님이 어떤 사람이라고 생각해?"

어떤 사람. 과거에 하람이 알던 장 교수는 인자하고 실력 있는 학자였다. 그러나 하람은 지금 자신이 알고 있는 장 교수를 어떤 사람이라고 정의하기가 어려웠다.

"나는 장 교수님이 무서워. 장 교수님이 무섭다기보다는 장 교수님이 가진 목표나 생각이 무서워. 그래서 취재를 멈출 수가 없어. 지금부터 내가 하는 이야기는 내가 어디 기록하거나 다른 사람한테 말한 적 없는 내용이야. 오빠, 야당 대표 김호식 의원 알지?"

소이는 장 교수가 최근 준비하고 있는 비밀스러운 계획을 들려줬다. 김호식 의원은 보수를 상징하는 인물이었다. 진보 정치 세력의 힘이 어느 때보다 강한 요즘 같은 시기에, 남은 보수 세력을 지탱하는 아이콘 같은 인물. 소이는 장 교수가 김 의원을 영원히 매장하려는 계획을 꾸미고 있다고 전했다. 김호식 의원이라면, 메타버스와 인공지능 플랫폼에 대한 법적 제재를 누구보다 극렬하게 지지하는 인물이었다. 장 교수가 대중은 물론 그 어떤 지지자라도 용납할 수 없을 만한 김 의원의 과오를 꾸며내고, 그 과오를 김 의원의 주변인들과 김 의원 스스로마저 실제로 인식하도록 조작하려는 계획을 만들고 있다는 게 소이의 주장이었다.

"그게 확실해? 너는 그걸 어떻게 안 거야?"

"어떻게 알았는지는 얘기할 수 없지만, 사실인 건 확실해. 그래서 나도 멈출 수가 없어. 그리고 개인적으로도……."

소이는 무언가를 더 말하려는 듯하더니, 한참을 머뭇거렸다. 답답한 마음에 하람이 먼저 말을 꺼냈다.

"뭔데 그래? 말해봐."

"장 교수의 컴퓨터에 원격 접속할 수 있게 해줘. 부탁이야."

하람은 소이의 부탁에 쉬이 답을 하지 못했다.

"힘들 거라는 걸 알잖아. 그리고 원격 접속을 한들, 무슨 수로 해킹을 해."

"오빠라면 할 수 있잖아."

소이는 하람이 재학 시절 해킹 콘테스트에서 수상했던 전적을 떠올리는 듯했다. 그러나 하람은 두려웠다. 소이를 더 위험에 빠지게 하는 건 아닌지, 자신이 정말 해낼 수 있을지 수많은 걱정이 겹치며 망설이고 있었다.

"오빠가 쉽게 결정하지 못하는 이유는 뭐야? 오빠한테는 뭐가 중요한데? 뭐가 두려운 건데?"

"모르겠어."

"뭘 모른다는 건데?"

둘 사이에 한동안 침묵이 흘렀다.

"오빠가 혹시 나를 걱정해서 그러는 거면, 오빠가 어떤 선택을 하건 우리 사이에 별일은 없을 거야. 더 컴퍼니에 남더라도 원망하지 않을게. 오빠에게 어떤 선택을 하라고 강요할 생각은 없어. 그런데 난…… 난 오빠를 믿어. 연락 기다릴게."

하람은 자신이 무엇을 두려워하는지, 무엇을 더 두려워하는지 자문하지 않을 수 없었다.

'나를 믿는다라, 나를 믿는다…….'

일주일 후, 조 실장은 급히 다른 소년을 케냐에서 데려왔다. 뒤늦게 이 사실을 안 하람이 지하 수술실에 들이닥쳤지만, 이미 수술이 끝난 상태였다. 방 안의 침대에는 이미 두 소년이 마취된 채 누워 있었다. 한 명은 케냐에서 온 아이였다. 일전에 납치됐던 아이와 비슷한 또래로 보였지만, 키는 좀 더 커 보였다. 다른 한 아이는 하람이 보기에는 케냐 소년과 같은 또래 같기도 하고, 키가 반 뼘은 더 큰 걸 보면 두어 살 더 많은 듯도 싶었다. 깨어난 케냐 아이는 제대로 말을 하지 못했다. 메스꺼운지 계속 속엣것을 게워냈다. 아무것도 먹은 게 없는지, 하얀 거품뿐이었다.

취재 수첩 #2

"우리는 각자의 정의를 품고
살아갈 뿐이다."

2027년 7월 25일

가이아와 계획을 세우면서도 나는 내내 혼란스러웠다. 정말 옳은 일을 하는 걸까? 소년의 의지와 상관없이 그를 구출한다는 것, 결국 또 다른 폭력이 아닐까? 하지만 그저 두고 볼 수는 없었다. 그의 언어능력은 단순한 재능 그 이상이다. 그것은 그의 정체성이자, 미래다. 그것은 거래 대상이 아니다.

작전 당일, 모든 것이 계획대로 진행되었다. 하지만 소년의 눈빛을 마주하는 순간, 다시 혼란스러워졌다. 그의 눈동자에는 놀라움과 두려움, 그리고 실망감까지 어려 있었다. 그에게 우리의 의도를 설명하려 했지만, 내 목소리는 떨리고 있었다. 과연 내가 옳은 선택을 한 걸까? 소년을 위한다는 명목으로, 나 역시 그에게서 선택의 자유를 빼앗은 건 아닐까?

소년을 돌려보내기 전 잠시 안전한 곳에 머물게 하는 동안 가이아에게 내가 그를 돌보겠다고 말했다. 그와 얘기를 더 나눠보고 싶었다.

소년의 이름은 키프로노였다. 그는 자신이 한국에 와서 큰 돈을 벌 수 있다는 건 알았지만 언어능력을 잃게 된다는 건 몰랐던 눈치였다. 내가 자세히 설명해주자 그는 이후의 삶이 두렵긴 하지만 가족을 위해서라면 무슨 일이든 할 수 있다고, 아니 해야 한다고 말했다. 아버지는 돌아가셨고 어머니는 일할 수 없는 몸이어서 어린 동생들을 돌볼 사람은 자신뿐이라고 했다. 그 돈이 없으면 동생들까지 자신이 일하는 전자쓰레기 소각장에서 일하며 서서히 죽어갈 거라고, 당신은 우리의 현실을 모른다고 원망했다. 순간 나는 키프로노의 눈을 똑바로 볼 수 없었다. 그에게는 이식 수술 과정에서 목숨을 잃을 수도 있다고 설득했지만, 그러면서도 내가 한 일이 진정 키프로노를 위한 일이었는지 의문을 품게 되었다. 가난이라는 현실 앞에서 그가 느꼈을 무력감과 좌절을, 나는 외면한 걸까?

2027년 7월 29일

키프로노는 가이아가 위조한 여권으로 어스름한 새벽에 배를 타고 한국을 빠져나갔다. 위험천만한 상황에서 구조되었으나 떠나는 아이의 얼굴에는 쓸쓸함과 절망감이 묻어났다. 가족을 위해 아무것도 하지 못하게 된 아이는 그렇게 떠났다.

2027년 8월 1일

키프로노가 떠난 후 가이아로부터 충격적인 제보를 받았다. 더 컴퍼니 소속으로 브로카&베르니케 이식술에 참여한 뒤 죄책감에 휩싸여 고통스러워하다가 가이아에게 접촉을 시도한 의료진의 자료였다. 그의 자료에 따르면 4개 국어를 독학으로 마스터한 천재 소녀가 자신도 모르는 사이에 브로카&베르니케 이식술을 받았다. 아이의 동의는 없었고, 마약에 중독된 엄마가 거액을 받고 딸의 언어능력을 판매했다. 수술 과정에서 문제가 생겨 아이는 식물인간이 되었다. 그는 이것 말고도 실패한 수술이 여러 건 있으며 자신도 언제 리셋될지 모른다며 수술 자료와 녹음 파일 등 모든 정보를 내게 넘겼다.

이 이식술은 과연 누구를 위한 것일까? 한 아이의 인생이 엄마의 이기적인 선택 하나로 송두리째 망가진 것이다. 수술에 관여한 의료진조차 양심의 가책을 느낄 만큼 비윤리적인 이 거래, 그 이면에는 또 얼마나 많은 피해자가 있을까? 키프로노를 구하지 못했다면 그 역시 이 수술의 피해자가 되었을 것이다.

아이를 팔아넘긴 엄마, 거액을 벌어들인 브로커, 아이의 인생은 안중에도 없었을 더 컴퍼니의 인간들까지. 이 모든 이들의 민낯을 세상에 알려야 한다.

2027년 8월 3일

새벽 4시. 데스크에 더 컴퍼니를 고발하는 기사 한 편을 넘기고 사무실을 나섰다. 날이 밝으면 모든 게 끝날 것이다. 아니, 시작될 것이다.

아르카디아

"죽음은 종말이 아니라 변화일 뿐이다.
육신은 우주의 먼지로, 정신은 기록으로 남는다."

하람은 자신이 의지할 대상이 조 실장뿐이라고 생각했다. 아침 일찍 조 실장에게 전화를 걸었으나, 연결이 되지 않았다. 점심때까지 대략 열 번은 전화를 해봤다. 하람은 코스모스 카페에 가서 무작정 그를 기다렸다. 조 실장은 주로 고객을 만나거나 하람과 약속이 있을 때 그곳에 왔지만, 가끔은 불쑥 그곳에 들르기도 했기 때문이다. 그러나 저녁이 다 될 무렵까지 조 실장은 나타나지 않았다. 하람은 무엇을 어찌해야 할지 갈피를 잡지 못해 혼란스러웠다. 그때 귀에 익은 목소리가 들렸다.

"하람 씨, 혹시 조 실장님 기다리세요?"

하람이 고개를 들어보니 L이 테이블 맞은편에 서 있었다. 하람은 인사도 건네지 않고 멍하게 그녀를 바라봤다. L은 짧은 한숨을 내쉬며 하람 앞에 앉았다.

"역시, 조 실장님께서 하람 씨에게는 끝까지 얘기를 안 하셨나 보네요."

"네? 그게 무슨 말이죠?"

"조 실장님은 못 오십니다. 아니, 이제 영원히 보실 수 없을 겁니다."

"조 실장님에게 무슨 일이라도 생겼나요?"

L은 한동안 망설이다가 입을 열었다.

"하람 씨, 아르카디아에 관해 아직 모르고 있죠?"

하람은 순간 장 교수로부터 들었던 아르카디아를 떠올렸다.

"일전에 장 교수님에게 대략 들은 적이 있기는 합니다."

"그렇다면, 이 상황을 이해하기가 조금은 수월하겠네요."

"네? 대체 무슨 일이……."

"일단 하람 씨가 먼저 알아야 할 게 있어요. 조 실장님은 오늘 아침에 돌아가셨어요. 다른 말로 하면, 아르카디아로 들어가셨죠."

망연자실한 하람은 그 뒤로 한참 동안 L의 이야기를 듣고만 있었다. 조 실장은 2년 전에 폐암을 진단받았다. 그동안 주기적으로 항암 치료를 받아왔지만 최근 병세가 악화되었고, 아르카디아로 들어갈 시기를 고민하고 있었다고 한다. 하람은 그간 조 실장이 때때로 피로를 호소하던 모습, 점점 말라가던 모습을 회상했다.

"아르카디아에 들어갔다니, 그렇다면 혹시?"

"네, 하람 씨의 짐작대로입니다. 이미 아시겠지만, 아르카디아는 일종의 메타버스, 가공의 세상이죠. 사람의 뇌, 정확히는 머리 부분을 떼어내서 신경다발을 컴퓨터와 인터페이스에 연결하는 방식입니다. 아르카디아는 그렇게 이어진 뇌들이 서로 소통하는 거대한 세계이고요. 아직도 대중들에게는 꽤나 생소한 분야지만, 미국 캘리포니아대학에서는 1970년대부터 인간의 뇌와 외부의 컴퓨터를 직접 연결해서 양방향으로 정보를 주고받는 뇌-컴퓨터 인터페이스, BCI라는 기술을 연구하기 시작했어요. 그 후 여러 연구자들이 동물, 인간을 대상으로 BCI 시스템을 연구하고 있고요. 우리는 그걸 좀 더 고도화한 상태로 완성해서, 메타버스와 연결하는 데 성공했습니다."

L의 설명에 따르면, 조 실장은 현재 뇌와 일부 신경 부분만 남겨진 상태로 포도당과 몇 가지 영양 성분을 공급받으며 아르카디아에 연결되어 있었다.

"그러면, 그게 죽은 건가요? 살아 있는 건가요?"

"이미 얘기했듯이 죽은 상태죠. 이 세상의 기준으로 보면 분명 그렇습니다. 의학적으로는 심장박동과 호흡의 중지, 뇌사 등을 기준으로 사망을 선고하니까요. 다만, 조 실장님 본인은 살아 있을 때와 별반 다르지 않게 아르카디아에서 살아가고 있을 겁니다."

"어떻게 그런 일이. 조 실장님 그리고 아르카디아에 있는 다른 사람들은 본인이 죽은 것을 알기는 하나요?"

"아는 경우도 있고 아닌 경우도 있습니다. 상황, 정확히는 시나리오에 따라 다릅니다."

"시나리오라면, 자신이 원하는 대로 아르카디아에서의 삶을 정할 수 있다는 말인가요?"

"네, 맞아요. 아르카디아에 접속하는 단계는 하람 씨가 처음에 경험한 조작몽 동반 안락사와 비슷합니다. 서버에 접속하는 과정은 매우 자연스러워서, 그 단계에서는 본인이 서버에 들어온 것을 인지하지 못합니다. 아르카디아에 들어가면 본인이 살아 있을 때 설정한 몇 가지 시나리오가 나타나는데, 그 시나리오 때문에 아르카디아에 접속했다는 것을 인지하는 경우가 있죠."

"그럼, 조 실장님은 어떤 케이스죠?"

"조 실장님은 아마 아르카디아 속에서 살고 있다는 것을 이미 알아챘을 겁니다. 시나리오의 시작부터가 그렇거든요."

"조 실장님의 시나리오는 어떻게 시작되는데요?"

"음, 조 실장님이 예전에 함께 지내던 반려견이 있었어요. 메이라고요. 작은 몰티즈였는데, 열여덟 살 되던 해에 죽었어요. 조 실장님이 정말 오랫동안 슬퍼하셨죠. 실장님은 메이가 살아 있을 때 더 자주 함께 있어주지 못한 것을 늘 마음 아파하셨어요. 출장이 잦아서 메이를 혼자 두는 경우가 많았거든요. 그래서 아르카디아에서 메이를 사람으로 만나고 싶어 하셨어요."

"사람이요?"

"네, 시나리오의 시작은 이래요. 실장님이 푸른 잔디가 가득한 마당에 들어서면 툇마루에서 메이가 실장님을 향해 달려와요. 반려견이 아니라 실장님 딸의 모습으로요."

"그럼, 혹시 그 메이라는 반려견을 아르카디아에 연결하기라도 한 건가요?"

"그건 아닙니다. 적어도 아직까지는 사람이었던 존재만 아르카디아에 접속이 가능합니다. 메이의 경우는 메이가 살아 있을 때의 습성을 인공지능이 학습해서, 메이가 사람이라면 어떻게 말하고 행동할지 추론해서 모사한다고 보면 됩니다."

"어떻게 그런……."

"그래도 조 실장님 입장에서는 정말 메이를 만난 것으로 느낄 겁니다. 이미 그런 사례가 꽤 있거든요."

잠시 침묵이 흐른 뒤, L이 다시 입을 열었다.

"아르카디아에서의 삶이 동화처럼 펼쳐지는 것만은 아닙니다. 현실에서처럼 일하고, 고민하고, 결정하고, 그런 식으로 살아가게 되거든요."

"아르카디아 속에서도 일을 하나요?"

"아르카디아에서 실장님, 아니 실장님의 뇌가 계속 살아가려면 생활비, 일종의 서버 사용료를 지불해야 하니까요. 일을 하고 그 대가로 아르카디아에서 살아가는 권리를 얻는 셈이죠."

"권리라, L은 아르카디아, 그 속의 삶을 대단하다고 여기나봐요?"

L은 하람의 눈을 잠시 뚫어지게 바라보다가 입술을 지그시 깨물며 눈을 돌렸다.

"적어도 내게는 그래요."

"L도 조 실장님처럼……."

"아니요. 제 얘기는 하고 싶지 않네요."

L은 팔짱을 낀 채 고개를 숙였다.

"그런데 조 실장님은 아르카디아에서 대체 무슨 일을 하시는 거죠?"

"실장님에게 맡겨진 일은 고객을 찾는 일입니다. 아르카디아에는 인터넷이 그대로 연결되어 있거든요. 실장님은 이 세상에서와 비슷하게 아르카디아에서 여러 정보를 찾고 조합하고 고민하면서 우리 서비스에 적합한 고객을 찾을 겁니다. 오히려 여기에 계실 때보다 일하기는 훨씬 편하실 겁니다. 회사의 시스템을 통해 방대한 정보에 깊고, 쉽게 접근이 가능하니까요."

"회사 시스템이요?"

"네. 언젠가 하람 씨도 알게 되겠지만, 아르카디아 그리고 회사를 지탱하는 인프라는 결국 발할라인데, 아르카디아에서 조 실장님은 발할라를 통해 이 세상을 손바닥 위에 올려놓고 볼 수 있을 테니까요."

"발할라라면 일전에도 들어보기는 했지만……."

"더 자세한 것은 때가 되면, 아마도 장 교수님께서 먼저 얘기를 꺼내실 겁니다. 하람 씨가 준비를 끝낼 때가 되면요."

"그런데 실장님은 처음부터 이 일을 하셨나요? 아니, 언제부터 어떻게 이 일을 시작하셨던 거죠?"

"그 부분은 저도 뭐라고 얘기하기가 조심스럽네요. 하람 씨가 왜 그걸 궁금해하는지 어느 정도 짐작은 하지만요. 조 실장님이 원래 하던 일이 궁금하시면 이 글을 한번 보세요."

L은 하람에게 작은 노트를 내밀었다. '해피 엔딩'이라는 제목으로 시작하는 십여 쪽의 글이 보였다.

"이게 뭐죠?"

"실장님이 예전에, 그러니까 이 일 이전에 하던 일을 일종의 자서전처럼 기록한 글입니다. 미리 여쭤보지는 않았지만,

아마도 하람 씨가 이걸 보는 걸 싫어하시지는 않을 겁니다."

"그걸 어떻게……."

L은 대답 대신 다른 이야기를 꺼냈다.

"나중의 일이겠지만, 하람 씨도 언젠가 아르카디아에 들어갈 기회를 얻을 겁니다. 실장님의 포지션을 맡아서 계속 일하다 보면요."

L이 언급한 기회라는 단어가 하람의 머릿속에서 맴돌았다.

"장 교수님도 나중에 아르카디아에 꼭 가실 겁니다."

"네? 그게 무슨 말이죠?"

"장 교수님은 아르카디아에 들어갈 날을 어쩌면 기다리고 계실지도 모르죠."

"왜 그렇게 생각하시죠?"

"2년 전에 장 교수님의 사모님께서 돌아가신 거 기억하시죠?"

"네. 알고 있습니다."

"사모님은 그때부터 아르카디아에 계십니다."

"돌아가신 뒤에…… 혹시 장 교수님의 생각이신가요?"

"장 교수님께서 결정하신 것이냐는 물음인 듯한데, 그런 건 아닙니다."

"그게 무슨 말이죠?"

"사모님의 임종을 앞두고 교수님께서 사모님께 아르카디아

얘기를 꺼내셨어요. 사모님은 교수님께서 이런 일을 하시는 걸 전혀 모르셨거든요. 마지막에 모든 걸 이야기하신 건데, 의외로 사모님께서는 놀라지도 않고 무덤덤하게 받아들이셨어요."

"이런 일들을 무덤덤하게 받아들이셨다니, 어떻게 그런……."

"뭐, 부부 사이의 일을 제가 알 수는 없죠."

"……."

"교수님은 사모님께 냉정하게 선택해달라고 말씀하셨어요."

"냉정하게, 그게 무슨 뜻이죠?"

"제가 짐작건대, 장 교수님은 사모님께서 아르카디아로 가시고, 나중에 교수님도 그리로 가서 만나기를 바라셨어요. 다만 사모님께서 너무 오래 기다리게 되리라는 것을 알아서, 그런 얘기를 꺼내기를 몹시 주저하셨어요."

"오래 기다린다고요?"

"네. 꽤 오래 기다려야죠. 아르카디아에서 시간이 흐르는 속도는 이 세상과 대략 열 배 정도는 차이가 나거든요."

"열 배요?"

"네. 사모님은 결국 아르카디아를 선택하셨는데, 2년 전에 가셨으니 사모님 입장에서는 이미 20년을 거기에 머무르고 계신 셈이죠."

"20년이라니, 그게 무슨……."

"하람 씨도 온라인 게임 같은 건 좀 해봤죠?"

"네, 많이 즐기지는 않지만, 좀 해보기는 했습니다. 그런데 갑자기 왜 게임 얘기를."

"온라인 게임을 하다 보면 어딘가로 이동하고, 물건을 사고 팔고, 누군가를 만나고, 전쟁을 치르기도 하는데, 그런 것들이 물리적 세상보다 더 빠르게 진행되잖아요? 예를 들어 물리적 세상에서는 열 시간에 걸쳐서 펼쳐질 일들이 한 시간 만에 일어난다든가. 단순히 보면 그런 상황과 비슷하다고 보면 됩니다. 아르카디아라는 메타버스에서는 마치 게임 속처럼 시간이 흘러가는 거죠. 그 속에서 2년을 살아간 이는 이 세계에서 20년을 보낸 듯이 느낄 겁니다."

"……."

"그런데 하람 씨는 아직 누군가를 그 정도로, 그러니까 교수님 아내분처럼 20년 정도 기다려본 적이 없겠죠?"

"네, 저야 그렇죠."

"교수님은 그래서 사모님을 만류하셨어요. 떠나보내고 싶지 않아서, 영원히 보내고 싶지 않아서 아르카디아에 관해 얘기하셨지만, 끝까지 만류하셨어요."

"언젠가는 다시 만나실까요?"

"그러시겠죠. 다만 평균 수명을 생각해보면 교수님께서 앞으로 적어도 30년은 더 사실 테니, 사모님께서는 아르카디아에서 대략 300년은 더 교수님을 기다리셔야 할 겁니다. 사모님이 앞으로 느낄 시간은 300년 정도가 되겠죠."

"300년, 300년을 기다린다고요?"

"무작정 기다린다고만은 할 수 없지만요."

"그건 또 무슨 뜻이죠?"

"원래 그렇게는 안 되지만, 회사의 배려로 교수님은 사모님과 주기적으로 영상통화를 하고 계십니다."

"죽은 사모님과 영상통화요?"

"네. 아르카디아에 있는 사모님의 뇌와 여기에 있는 교수님이 한 달에 한 번, 그렇게 소통하고 있습니다. 엄밀하게 말해, 한 달은 아니지만요. 교수님에게는 한 달에 한 번 하는 통화이지만, 사모님 입장에서는 거의 1년에 한 번 통화하는 셈이거든요."

"1년에 한 번이라니……."

"교수님께서 갑자기 다른 선택을 하실지, 솔직히 저는 두려울 때가 있어요."

"다른 선택이라면, 혹시?"

L은 하람이 말을 더 잇기 전에 일어서서 가벼운 눈인사를

하고 돌아섰다. 한 걸음을 옮기는 듯하더니, 걸음을 멈추고 고개를 반만 돌렸다.

"제가 괜한 얘기를 너무 길게 했네요. 사실 제가 오늘 하람 씨를 찾아온 것은 결정에 관해 묻고 싶어서였습니다."

"결정이라뇨?"

"실장님이 하시던 일을 맡아서 하실지 한 달 내로 결정하셔 야 하거든요. 그게 룰입니다. 결정하셔서 제게 알려주세요. 일 을 계속한다면 제가 하람 씨를 서포트할 거고, 아니라면 이미 실장님께 들어서 아시겠지만 하람 씨에게 초기화 작업을 해 드려야 합니다. 저라면 이미 답은 정해져 있지만……."

L은 말끝을 흐리며 자리를 떠났다. 조 실장은 자신의 죽음 을 예견하고 후임자로 하람을 선택한 것이었다. 그렇게까지 하면서 이 일을 놓지 못한 이유가 뭘까? 그는 이 일을 어떻 게 감당해왔을까? 아니, 감당은 했을까? 왜 내가 이 일에 적임 자라고 생각한 거지? 하람은 조 실장에게 묻고 싶었다. 대체 왜…….

가방에서 조 실장의 노트를 꺼냈다. 노트에는 '해피 엔딩'이 라는 제목으로 적어 내려간 그의 과거 이야기가 담겨 있었다. 더 컴퍼니라는 괴물을 만나기 전 조 실장이 무엇을 했는가를 그의 시점에서 풀어내고 있었다.

해피 엔딩

"진실은 때로 차갑고,
거짓은 그것을 따듯하게 감싼다."

이 일을 시작한 후 여러 고객을 만났지만, 그중 노태성이라는 사람의 일은 여전히 기억 속 깊이 머물러 있다. 늦여름의 막바지 장대비가 질척하게 쏟아지던 주말 오후였다. 아침부터 일기예보에서 비 소식이 전해졌고, 거리 가판대마다 싸구려 우산들이 넘쳤음에도 그는 비에 흠뻑 젖은 모습으로 사무실에 들어섰다. 간단한 목례를 하고 그에게 테이블 맞은편 소파에 앉기를 권했지만, 누덕누덕한 청바지를 타고 흐르는 물줄기 때문인지 노태성 씨는 선뜻 자리에 앉지 못하고 머뭇거렸다.

"괜찮습니다. 편하게 앉으세요."

책상 서랍을 뒤져 상가번영회에서 받아두었던 수건 한 장을 건넨 뒤에야 그는 바지의 물기를 쓱쓱 닦아내고 자리에 앉았다.

"가진 돈은 이게 전부입니다."

그는 검은 비닐봉지로 싸인 네모난 종이 뭉치를 내밀었다.

198

신문지로 돌돌 말린 모양으로 보아, 100만 원 뭉치 네댓 개는 되어 보였다.

"500입니다. 이 정도면 안 될까요?"

나는 테이블 한편에 놓인 티포트에서 보리차를 한 잔 따라 그에게 밀어주었다.

"이 정도면 부족한가요?"

"아닙니다. 금액을 미리 정할 수는 없습니다. 전화로 말씀드렸듯이 발생하는 비용대로 청구할 겁니다."

그는 왼손으로 검은 봉지를 만지작거리며 내 눈치를 살폈다.

"그, 그런가요? 제가 좀 사정이 그래서, 이걸로 그냥 다 처리될 수 없나 해서요."

내가 하는 일이라는 게 남들이 보기에는 해결사, 흥신소, 심부름센터, 이런 식으로 볼 수 있는 부류였다. 나 스스로는 내 일을 그렇게 생각해본 적이 없지만, 남들이 주로 그렇게 보고 있음을 잘 알았다. 하지만 나는 그런 일들과는 차별을 두고 싶었다. 사람들이 원하던 삶을 만들어주고 싶어 이 일을 시작했기 때문이다. 터무니없이 많은 돈을 벌고자 시작한 것이 아니었다. 그래서 내가 고수하던 원칙 중 하나가 바로 비용이 얼마라고 얼버무려 청구하지 않고, 고객에게 정해진 기준을 알려주고 일이 진행되면서 소요된 명세에 따라 경비를 청구하는 것이었다. 당시에 주로 사용한 기준은 소프트웨어 용역 단가, 단역배우 출연료, 공무원 여비 규정 등이었다.

"그런데 제가 의사, 병원, 뭐 그쪽 일은 아는 게 전혀 없어서요. 그런데도 잘될지……."

흐려진 말끝에 무언가를 덧붙이려나 싶어 잠시 대꾸를 안 하고 있었는데, 그는 찻잔에 스멀거리는 김을 바라보는 척하면서 내 눈치를 살필 뿐이었다.

"그 부분도 저희에게 해결책이 있으니 걱정 안 하셔도 됩니다."

내가 하던 일이란 게 그랬다. 누군가가 살아오던 실제 과거, 그리고 살아가는 지금 현재와는 다른 모습을 꾸며내어 그 사람의 인생 마지막을 해피 엔딩으로 장식해주는 것. 노태성 씨는 어느 시골 마을에서 소작농의 아들로 태어났다. 어머니는 그가 어릴 적에 남의 집 밭일을 돕다가 낫에 손을 베어 파상풍으로 죽었고, 그는 고등학교 시절까지 아버지와 단둘이 그 마을에서 살았다고 했다. 그러다가 고등학교를 졸업하고는 바로 가출해서 서울로 올라왔다. 그 뒤로 15년간 아버지와 소식을 끊고, 고향 마을에 돌아간 적이 없었단다. 내게 부탁한 일은, 그가 성공한 의사가 되어 고향에 금의환향하는 것처럼 꾸며달라는 것이었다.

"그런데 왜 하필 의사를 원하시죠?"

"그게, 엄마가 파상풍을 제대로 치료받지 못하고 돌아가신 뒤부터 아버지는 제게 늘 커서 훌륭한 의사가 되라고 하셨거든요."

끼니 걱정을 해야 하는 소작농 집안에서 의사라는 꿈을 꾸기는 힘들었을 것이다. 노태성 씨와 아버지 사이에 뭔가 극적인 갈등 요소가 있었던 게 아니었어도, 그 꿈과 현실의 간극은 두 사람의 관계를 멀고 불편하게 만들었으리라. 30대 중반의 나이에 노태성 씨에게 남겨진 것은 이리저리 흩어져 있는 적잖은 도박 빚과 혈액암으로 죽어가는 몸뚱이뿐이었다. 그가 내게 내민 500만 원을 어떻게 만들었는지는 알 수 없었다. 그에게 남은 시간이 확실하지는 않았지만, 길어야 1년이 채 안 될 것이었다. 노태성 씨는 남은 시간이 다 지나기 전에 조금이나마 온전한 모습일 때 고향으로 돌아가 아버지 앞에서 성공한 의사의 모습을 보여주고 싶어 했다.

"15년간 고향 사람들과 전혀 연락을 안 한 것이 확실하십니까?"

"네, 단 한 번 마주친 적도 없습니다."

"그러면 뭐, 문제 될 부분은 없겠네요. 저희가 미리 조사한 바로는 고향에는 아버지 친구분들이 아직 대부분 그대로 계시더군요. 내려가보면 노태성 씨를 알아보는 분들이 꽤 될 겁니다. 젊은 분들은 대부분 고향을 떠났거나 서울이나 수도권 쪽에 자리를 잡았는데, 노태성 씨보다 더 성공한 분은 없을 겁니다. 그러니까 저희가 준비한 시나리오상의 노태성 씨를 말하는 것이죠. 아버지와 친하셨던 김 씨 아저씨가 어제 돌아가셨더군요. 많은 사람이 자연스레 모일 테니 좋은 기회입니다. 저희가 준비한 시나리오는 이렇습니다. 노태성 씨는 내일 저와 닥터 박과 함께 고향으로 가실 겁니다. 노태성 씨는 가출 후에 미국으로 건너가 접시 닦기나 청소 같은 허드렛일을 하면서 어렵게 의대에 진학했고, 매우 우수한 성적으로 졸업을 해서, 현재는 미국 국방성 생화학무기 연구소에서 연구원으로 근무하고 있다는 설정입니다."

"네? 그런데 저는 미국에 가본 적도 없고, 더군다나 생화학무기 이런 건, 전혀……."

"그런 부분 때문에 저희를 찾으신 거죠? 내일 닥터 박이 우리와 함께 내려갈 겁니다. 소개는 내일 해드릴 거고요. 닥터 박은 의학을 전공했고, 미국 생활 경험도 많아서 노태성 씨를 백업해주기에 충분합니다. 그 외에 이런저런 돌발 상황은 제가 직접 처리할 겁니다. 저는 한국에 있는 의학 연구소의 직원 역할을 할 겁니다. 저희 연구소에서 노태성 씨가 있는 연구소와 공동 연구가 있어서, 노태성 씨를 잠시 한국에 초청한 것으로 할 겁니다. 그리고 노태성 씨가 너무 오래 고국을 떠나 있었고 특히 고향에 너무 오랜만이어서 저와 닥터 박이 동행했다고 할 거고요."

"그래도 그게……."

"닥터 박은 미국 쪽 연구소에서 노태성 씨, 그러니까 노 박사님과 함께 일하는 대학 후배이자 연구소 팀원 역할을 할 겁니다. 고향 분들과의 대화, 특히 미국 생활과 연구소 일 등에 대한 세세한 얘기는 주로 닥터 박이 미리 말씀드릴 테니, 노태성 씨는 중간에 조금씩 얘기를 하시거나 하면 되고요."

"……."

"다 잘될 겁니다. 필요한 모든 물품도 저희가 거의 다 준비했으니 내일 아침 10시에 사무실로 오시죠."

다음 날 일찍 사무실에 나와 가져갈 물품을 정리하고 있었다. 8시 30분경에 닥터 박이 유쾌한 인사와 함께 사무실 문을 열며 들어섰다. 헤어젤로 깔끔하게 정돈된 머리에 잠시 시선이 갔으나, 사무실을 채우는 강한 헤이즐넛 향에 끌려 이내 그의 손에 들린 커다란 컵에 눈이 머물렀다. 닥터 박과 일정을 다시 점검하고 있는데, 얼마 안 돼서 노태성 씨가 사무실에 나타났다. 9시가 조금 넘은 시간이었다. 밤새 어디서 잠을 잔 것인지 어제의 옷 그대로였다. 그래도 목욕을 꼼꼼히 했는지, 볼은 연홍색으로 상기되어 있었고, 촉촉한 머리카락에서 연한 샴푸 냄새가 풍겼다. 나는 먼저 닥터 박을 노태성 씨에게 소개해줬다.

"안녕하세요? 박입니다. 그냥 닥터 박이라고 부르세요. 노태성 씨라고 들었는데, 맞죠? 이제부터는 노 박사님이라고 부를게요."

닥터 박은 의대에서 공부했는데, 실제 의사 면허를 받았는지, 그 면허를 유지하고 있는지는 나도 잘 알지 못했다. 다만 뭔가에 엮여서 많은 빚을 졌고, 가끔 내 일을 도우며 큰 경비를 해결해나가고 있는 듯했다. 닥터 박은 노태성 씨에게 의대, 병원, 미국, 연구소 등에 대한 이런저런 이야기를 들려주었다.

"자, 얘기는 내려가는 길에 더 하시고, 일단 물건부터 체크해보시죠."

나는 노태성 씨를 위한 여행용 가방을 풀어놓았다. 가방을 열자 고급 가죽 특유의 냄새가 코끝을 자극했다. 가방 안에는 미국 연구소의 명함, 가짜 여권, 미국 달러와 신용카드가 들어 있는 지갑, 미국에서만 판매하는 면도기, 속옷 등의 생활용품들, 그리고 고향 어른들에게 나눠 드릴 영양제 등을 준비해두었다. 노태성 씨는 휘둥그레진 눈으로 가방 안 물건들을 만져보지도 않고 멍하니 바라만 보았다.

"이 양복으로 갈아입으시죠. 이틀만 렌트한 거니까 가급적 조심해서 입어주시고요."

나는 노태성 씨에게 이탈리아 브랜드의 명품 양복을 건넸다. 소파 옆쪽에서 주섬주섬 옷을 갈아입고 있는 그에게 가방 안 물품들을 설명해주었다.

"명함의 연구소는 실제 존재하는 연구소입니다. 주소, 전화번호 등 모두 그대로입니다. 시골 분들이 그 연구소에 전화를 거실 일도 없을 테고, 혹 전화를 걸어서 노태성 씨를 찾아도 보안규정이 엄격한 곳이라 노태성 씨가 그곳에 있는지조차 쉽게 확인을 안 해줄 겁니다. 여권에는 미국에서 여러 나라를 오간 도장들이 가득한데, 모두 위조입니다. 자세히 보면 조악하기는 하지만 실제 공항에서 쓸 것도 아니고, 이게 위조란 건 일반인은 절대 알아채지 못할 겁니다. 지갑에 담긴 신용카드는 실제로 결제도 됩니다. 다만 결제한 금액은 나중에 저희 측에서 별도로 청구할 겁니다. 그리고……."

한참 얘기를 하다 노태성 씨를 바라보니, 바지 지퍼를 올리다 만 채 내 얘기를 듣고 서 있었다. 렌트한 검은색 고급 세단을 타고 톨게이트를 벗어나 대여섯 시간을 달렸다. 노태성 씨의 고향 마을에 도착할 때까지 나와 닥터 박은 그에게 여러 가지 정보를 알려주었다. 아버지의 친구였던 김 씨 아저씨가 돌아가셨으니, 아버지가 알 만한, 노태성 씨의 성공을 과시해야 할 대상들은 얼추 다 모였으리라 예상했다. 마을 입구는 예상보다 한산한 편이었다. 먼저 노태성 씨의 집에 잠시 들렀는데, 아버지는 집에 없었다. 우리는 곧바로 김 씨의 상갓집으로 이동했다. 시멘트를 덕지덕지 바른 낡은 담 중간의 나무 대문 사이로 들어가니 마당에는 대여섯 개의 커다란 돗자리가 깔려 있었다. 아직 해가 지려면 서너 시간이 남은 늦여름의 오후였지만, 이미 돗자리마다 빈 막걸리 통과 소주병들이 여러 개 보였다. 번지르르한 양복 차림의 젊은 사내 셋이 마당에 들어서자 사람들의 시선은 일제히 우리를 향했다. 제일 먼저 노태성 씨를 알아본 건 마을 이장인 장 씨였다.

"어, 이게 누구야? 노 씨 아들 아닌가? 태성이 맞지?"

이장의 말에 예닐곱의 사람들이 일어서서 우리를 에워쌌고, 돗자리에 남은 사람들도 수군대기 시작했다.

"네, 저 태성이 맞습니다."

노태성 씨의 말이 떨어지기 무섭게, 이장은 그의 두 손을 맞잡아 당겼다.

"아니, 이게 얼마 만이여. 이봐 노 씨, 이리 와봐. 자네 아들 왔어."

이장이 몇 번이나 소리 높여 재촉하자, 마당 구석에 있던 돗자리에서 한 명이 태연하게 대꾸를 했다.

"죽지는 않았나 보네. 15년 만에 나타난 걸 보니."

노태성 씨의 아버지였다. 예상과 달리 그는 며칠 만에 마주친 남의 집 자식을 대하듯 태연하고 냉랭하게 먼발치서 아들을 바라만 보았다. 다만 탁자 위 막걸리 잔을 쥔 그의 왼손이 희미하게 떨리는 것이 보였다. 우리 일행은 이장의 손에 이끌려 마당 중앙에 깔린 돗자리 위에 자리를 잡았다. 둘러싼 사람들과 이장은 쉴 새 없이 지난 15년에 대한 궁금증을 풀어놓았다. 미리 맞춰둔 대로 노태성 씨가 큰 줄기를 얘기하고, 닥터 박이 중간에 끼어들어 장황하게 군살을 붙이며 대꾸했다.

"노 박사님이 대학 때부터 워낙 실력이 좋으셔서, 존스 홉킨스나 클리블랜드 클리닉에서도 제의를 받았는데도, 연구를 너무 좋아하셔서 국방성 쪽에서 일하게 되었죠. 저도 그 바람에 선배님 따라서 거기 있고요."

이야기 초반에는 노태성 씨가 좀 당황하는 듯도 했지만, 닥터 박과 내가 이런저런 추임새를 계속 넣어주자 스스로 이야기를 잘 풀어냈다. 곁에서 이야기를 듣고 있던 어르신 한 분이 어느새 구석 쪽 돗자리로 가서는 노태성 씨 아버지의 손을 이끌며 노태성 씨의 맞은편에 앉기를 권했다. 상갓집은 어느새 노태성 씨의 귀향 축하연으로 바뀌어 있었다. 찾아오는 조

문객이 드문드문 있었지만, 대부분 노태성 씨의 돗자리 주위
로 몰려들어 그가 미국에서 일궈낸 신화 같은 성공에 연신 감
탄을 쏟아냈다. 동네 어르신들이 권하는 막걸리 잔에 그의 얼
굴이 얼큰하게 달아오르고 있어서 내가 중간에서 잔을 대신
받기도 하고 받은 잔을 몰래 치우기도 했다.

"그런데, 태성이 너 아직 장가는 안 갔지?"

어르신 한 분의 느닷없는 질문에 노태성 씨가 잠시 내 눈
치를 살피며 머뭇거렸다. 내가 닥터 박을 쳐다보자 닥터 박이
말을 받았다.

"노 박사님은 연구와 결혼하셨나 봐요. 미국에서 노 박사님
쫓아다니는 미녀들이 여럿 있었는데도 여전히 혼자세요."

"허, 그렇구면. 그럼 결혼은 고향에 돌아와서 하면 되겠구
면. 안 그려?"

"네, 그게……."

노태성 씨가 겸연쩍은 웃음으로 어물거리고 있는데, 옆에
있던 어르신이 대문 쪽을 바라보며 목청을 높였다.

"어, 이게 누구야. 성구 왔네."

이장의 아들 장성구였다. 잘 다려지기는 했지만 할인 매장
에서 판매하는 저가 양복, 많이 낡은 구두 뒤축, 젤로 다듬기
는 했지만 층진 촌스러운 머리 스타일, 내가 미리 알아봤던

그의 상황과 대충 맞아 들어가는 듯 보였다.

"성구야, 이리 와라. 너 태성이 알지?"

장성구 씨가 영전에 절을 하자마자, 마을 어르신 한 분이 그를 이끌고 와서 우리 돗자리에 자리를 잡아주었다. 그에게서 싸구려 향수 냄새가 강하게 풍겼다.

"야, 이제 우리 마을에 의사 선생님이 둘이나 생겼네. 안 그래, 장 씨?"

"이 인간이 마을 이장 보고 맨날 장 씨라네. 나 이장이야 이장!"

마을 어르신의 너스레에 이장인 장 씨가 괜스레 역정 섞인 대꾸를 했다. 돗자리에 둘러앉은 사람들은 우리 일행을 대신해서 장성구 씨에게 우리를 자세히도 설명해줬다.

"허허, 태성이는 미국에서 유명한 의사, 성구는 한국에서 유명한 의사, 이렇게 되겠구먼."

얘기를 들어보니 장성구 씨는 서울의 명문대에서 의학을 전공하고 있었다. 우리 측에서 뭔가 잘못 조사를 한 것인지 순간 당황스러웠다. 미리 알아본 바로는, 이장의 아들은 고등학교 졸업 후 서울 근교의 작은 물류회사에서 사무 보조 일을 시작했다고 들었다. 그런데 그런 그가 무슨 이유에서인지 20대 중후반인 지금 나이에 명문대 의대생이 돼서 돌아온 것이다. 얘기를 좀 더 들어보니 회사 생활을 하면서 늦깎이 공부를 시작

한 지 얼마 안 되어 의대에 들어갔다고 했다. 대화의 주제는
노태성 씨의 미국 성공담에서 장성구 씨의 근황으로 잠시 옮
겨 갔다. 대학 생활은 재미있는지, 나중에 졸업하면 어디서 일
하는지, 결혼은 언제 할 것인지 등, 마을 어르신들의 질문에
장성구 씨는 나직한 목소리로 대답하고 있었다. 그러면서 노
태성 씨, 닥터 박, 그리고 나를 자꾸 힐끔거렸다. 노태성 씨는
장성구 씨의 등장에 당황했는지 입을 다문 채 내 눈치를 살피
고 있었다. 나는 닥터 박에게 잠시 자리에서 일어날 것을 넌
지시 제안했다.

"죄송합니다, 미국에서 급한 전화가 와서요. 노 박사님, 잠
시 저쪽에서 얘기 좀 나누시죠."

우리 일행은 닥터 박의 제안에 따라 담장 옆의 그늘진 곳으
로 이동했다.

"노태성 씨, 긴장 안 하셔도 됩니다. 처음처럼 자연스럽게
행동하시면 돼요."

"그게, 근데, 우리끼리는 그래도, 성구가 의대생인데, 말이
꼬여서 탄로라도 나면……"

노태성 씨는 명문대 의대생인 장성구 씨의 등장에 적잖이
긴장하고 있었다. 둘의 나이 차는 대략 여덟 살 정도였다. 노
태성 씨의 아버지는 이장인 장 씨의 땅을 빌려서 농사를 지어

왔다고 했다. 그래서 그랬는지 노태성 씨는 어린 시절부터 나이가 여덟 살이나 어린 장성구 씨를 그리 편하게 대하지는 못했나 보다.

"태성 씨는 존스 홉킨스도 잘라버린, 미국에서 성공한 의사인데, 쫄 거 없어요."

닥터 박이 노태성 씨의 팔꿈치를 툭 치며 말을 건넸다. 고개를 돌려보니 우리가 앉았던 돗자리에서는 여전히 어르신들과 장성구 씨가 끊임없이 이야기를 이어가고 있었다. 다만 장성구 씨가 먼발치에 있는 우리 쪽을 자꾸만 힐끔거리고 있다는 느낌이 들었다.

"우리가 너무 이러고 있으면 더 이상하게 생각할 테니 자리로 돌아가시죠. 그리고 노태성 씨는 술기운이 좀 오른다고 하면서 말수를 더 줄이시고, 닥터 박이 더 얘기를 많이 꺼냅시다. 특히 아까 하던 얘기 중에 미국에서 같이 의대 다니던 시절 이야기를 좀 더 해보세요."

자리로 돌아간 우리에게 마을 어르신들이 막걸리를 더 권했다. 나와 닥터 박은 잔만 받은 채 앞에 내려두었으나, 노태성 씨는 받은 잔을 단숨에 들이켰다. 어느새 장성구 씨의 얼굴에도 취기가 꽤 올라왔다. 돗자리 위는 다시 이런저런 이야기로 시끌벅적해졌다. 노태성 씨와 장성구 씨는 술기운 때문인지 고개를 늘어뜨린 채로 사람들의 질문에 간단한 대꾸만 했고, 닥터 박은 실제 본인의 이야기인지, 주워들은 이야기인지, 아니면 꾸며낸 이야기인지, 나조차도 알 수 없는 미국 생활, 의대 이야기를 동네 어르신들에게 장황하게 늘어놓고 있었다. 마을 어르신들은 어린 시절 동네 공터에 찾아든 약장수를 대하듯이 신기한 표정으로 닥터 박의 얘기에 몰입하고 있었다.

"그런데 말이여. 내 허리 좀 봐주지."

마을 어르신 한 분이 닥터 박의 말이 잠시 끊기기가 무섭게 테이블 쪽으로 엉덩이를 끌어 앉으며 말을 꺼냈다.

"내가 작년부터 이쪽 허리 아래가 묵직한데, 병원에 가도 원인을 모르겠어. 의사들도 잘 모르겠대. 디스크도 아니고. 태성이 자네가 좀 봐주지. 성구 너도 이리 와봐."

어르신의 갑작스러운 부탁에 노태성 씨는 매우 당황한 듯 얼굴이 창백해졌다. 어르신은 어느새 노태성 씨 옆쪽으로 밀고 와서는 윗옷을 들추며 몸을 웅크렸다. 초봄의 나무껍질같이 거칠고 메마른 몸이 눈에 들어왔다. 어느새 장성구 씨도 곁에 와서 우리를 빤히 쳐다보고 있었다. 당황하는 노태성 씨를 보고 닥터 박이 곁눈질을 하며 먼저 말을 꺼냈다.

"선배님께서 좀 봐주시죠."

"어, 그럴까?"

노태성 씨는 웅크리고 있는 어르신의 허리 주변을 이리저리 눌러보며 어디가 불편한지 물었다. 어르신은 엉덩이뼈 있는 부근 어딘가가 아픈 듯 보였다.

"노 박사님, 역시 디스크는 아닌 것 같죠?"

"응, 그러네."

"장성구 씨도 한번 보시겠어요?"

장성구는 술에 취해서인지, 무슨 말인지 알 수 없는 용어들을 횡설수설 늘어놓다가 자리를 옮겼다.

"무슨 말이지? 술을 많이 드셨나 보네요. 노 박사님, 제가 이상근 테스트라도 해볼까요?"

닥터 박은 어르신을 돗자리 한쪽에 반듯이 눕히고 다리를 이리저리 들며 움직이게 시켰다. 그러고는 알 수 없는 의학 용어를 늘어놓으며 노태성 씨에게 동의를 구하고, 그때마다 노태성 씨는 닥터 박에게나 들릴 정도의 나지막한 음성으로 웅얼거리며 짧게 대꾸했다.

"음, 역시 노 박사님 생각대로 이상근 증후군인가 보네요. 쪼그려 앉으시고, 의자 없이 항상 바닥에 앉으시고 하니까 더 그럴 거예요. 연세가 있으시니 먼저 스트레칭부터 하시고, 그 다음에 근육 강화하면 될까요?"

"아무래도 그렇겠지. 이제 가급적 바닥에 앉지 마시고, 의자 사용하세요. 특히 밭에서 쪼그려 앉는 것도 안 좋고요. 닥터 박이 떠나기 전에 어르신께 스트레칭 좀 알려드리지."

노태성 씨가 짐짓 태연해진 어조로 답했다. 닥터 박은 입꼬리가 높이 올라갈 정도로 미소를 띠면서 노태성 씨를 바라봤다.

"허허, 이거 역시 명의구먼. 몇 번 짚어보고 딱이야. 안 그래, 장 씨?"

테이블 곁에 있던 한 어르신이 이장을 바라보며 말을 붙이는데, 이장인 장 씨는 별다른 대꾸 없이 막걸리 잔만 비웠다.

"아이고, 이거 고맙구먼. 미국에서 온 선생님들은 역시 다르네. 읍내 병원에서는 맨날 물어봐도 찜질만 해줬는데."

바닥에 웅크리고 있던 어르신이 옷매무시를 고치면서 노태성 씨와 닥터 박에게 연신 고맙다는 인사를 했다.

"아니, 그렇게 안 좋으면 진작 우리 성구 왔을 때 물어보지 그랬어!"

이장인 장 씨가 퉁명스러운 어투로 말을 내뱉었다.

"거 학생하고 의사 선생님하고 같나? 그리고 이분들은 미국 의사 선생님이고."

"허, 참."

장 씨가 자리에서 일어나서는 바지를 툭툭 털며 마당 뒤편으로 물러났다. 나는 닥터 박에게 미국에서 가져온 영양제를 가져다가 어르신들에게 나눠 드리라고 했다. 닥터 박은 차에서 큰 가방을 들고 와서 어르신들 앞에 풀어놓았다.

"이거 선배님께서 고르시긴 한 건데, 선배님, 제가 나눠 드려도 될까요?"

닥터 박은 마을 어르신들 각자에게 불편한 곳을 물어보고 가방에서 이런저런 영양제를 골라서 나눠 드리며, 어떻게 잡수시면 되는지, 어디에 좋은지를 꼼꼼하게도 설명해댔다. 나는 노태성 씨와 그의 아버지를 이끌고 담장 옆의 빈 돗자리 쪽으로 자리를 옮겼다.

"15년 만에 만나셨는데, 노 박사님, 아버님이랑 말씀 좀 많이 나누셔야죠."

내가 다시 닥터 박의 돗자리로 돌아온 후에도 노태성 씨와 그의 아버지는 한동안 별말이 없었다. 그러다가 누가 먼저 말을 꺼냈는지는 몰라도 어느새 둘 사이에 이런저런 대화가 오가는 듯했다. 어떤 말이 오가는지는 들리지 않았다. 가끔 노태성 씨가 고개를 끄덕이며 뭐라 말하기도 하고, 그의 아버지는 얼굴에 옅은 미소를 띠기도 했다. 한참이 지난 후에 보니, 장성구 씨가 자리에 없었다. 마당을 둘러보니 영정이 차려진 툇마루 한쪽 끝에 아버지인 이장 장 씨와 두세 명이 앉을 정도의 공간을 띄운 채로 나란히 앉아 있었다. 가끔 곁눈질로 살펴보았지만 둘 사이에는 별다른 말이 오가지 않았다. 어느덧 시간은 자정을 지나고 있었다. 절반 정도의 사람은 자리를 떠난 후였다. 구석의 돗자리에서는 어르신 몇 명이 민화투를 치고 있었고, 노태성 씨와 그의 아버지는 별말 없이 영전 쪽으로 고개를 두고 있을 뿐이었다.

"노 박사님, 박 박사님, 많이 피곤하실 텐데 그만 주무시는 게 어떨까요?"

"그래도, 상갓집인데 벌써 그래도 될까요? 하긴 비행기를 스무 시간 가까이 타고 왔더니 저도 피곤하긴 하네요."

내 말에 닥터 박이 기지개를 켜면서 노태성 씨보다 먼저 말을 받아줬다. 노태성 씨가 뭐라 말을 꺼내려는 듯 잠시 머뭇거리는데 그의 아버지가 자리를 털고 일어섰다.

"그래야지. 자리 봐줄 테니, 따라들 와."

노태성 씨 아버지가 집을 향해 앞장서고 그 뒤를 나, 닥터 박, 노태성 씨가 뒤따랐다. 나는 노태성 씨에게 아버지 곁에 붙어 가라고 눈빛을 보냈는데, 노태성 씨는 오히려 한 걸음 더 뒤로 물러서는 듯 뒤따라갈 뿐이었다.

눈을 떠보니 아침 7시였다. 아직 잠들어 있는 닥터 박을 깨워 마당에 나와 보니 마당 한편 나무 밑에 노태성 씨가 등진 채 앉아 있었다. 손을 들어 노태성 씨를 부르려는데 옆에 있던 닥터 박이 한쪽으로 슬며시 손짓하며 나를 막으셨다. 고개를 돌려보니 툇마루 끝에 노태성 씨의 아버지가 구부정하게 선 채로 노태성 씨의 등을 바라보고 있었다. 얼마의 시간이 지났을까. 노태성 씨가 엉덩이를 털며 자리에서 일어서자 아버지가 몸을 돌리며 말을 꺼냈다.

"콩나물국 끓였으니 한술 떠라."

아침 식사를 하는 동안 노태성 씨와 아버지 사이에는 별다른 대화가 없었다. 콩나물국에 듬뿍 들어 있던 마늘만이 진한 향으로 방 안을 가득 채우는 듯했다. 긴 침묵이 너무 무거워 내가 괜히 말 한마디를 던져봤다.

"저, 아버님. 아침에 보니 저희가 잤던 방 쪽 지붕 기와가 좀 깨졌던데요"

"그런가? 올 여름내 바람이 많이 불더니."

"네. 그래서 그런지 방 안 천장 한구석에 빗물이 스며들어서 좀 누레졌더라고요."

"아, 그래? 조만간 손봐야겠구먼, 거기 태성이가 쓰던 방인데……."

아버지의 말에 노태성 씨가 잠시 수저질을 멈추고 뭐라 말을 꺼내려는 듯하더니 다시 콩나물국을 뒤적거렸다. 연구소의 한국 일정을 핑계로 우리는 그날 오후 마을을 떠났다. 마을 입구까지 어르신 몇 분이 따라 나오셔서 우리 일행의 손을 잡아주었다. 일행 속에 장성구 씨와 이장은 보이지 않았다. 차에 올라타서 마을 밖으로 벗어나기 위해 큰길로 들어서는데 장성구 씨가 길모퉁이에서 우리가 탄 차를 지켜보고 있었다. 우리가 탄 차와 장성구 씨의 거리가 조금 멀어졌는데도 그는 여전히 그곳을 떠나지 않았다. 뭔가 이상한 기분이 들어 차를 세우고는 나 혼자 내려서 장성구 씨에게 다가갔다.

"안녕하세요? 저희는 일이 좀 급해서 지금 올라가려고요."

"아, 네."

"뭐 하실 말씀이라도."

"……."

"그럼, 안녕히 계세요."

"아, 저, 잠깐."

몸을 막 돌리려는 순간, 나를 붙잡는 그의 말에 고개를 다시 돌려보니 그가 한 손을 내 쪽으로 살짝 내민 채 나를 바라보고 있었다. 그가 무슨 말을 더 하려나 해서 잠시 기다려봤으나 아랫입술 한쪽을 지그시 깨문 채 불안한 눈빛을 보낼 뿐이었다.

"안 가세요?"

운전석에서 닥터 박이 머리를 반쯤 내밀며 나를 재촉했다. 나는 품 안에서 명함을 한 장 꺼내 장성구 씨에게 건넸다. 내 이름과 휴대폰 번호만 적혀 있는 명함이었다.

"저희가 좀 급해서요. 나중에라도 하실 말씀이 있으면 연락 주세요."

명함을 건네고 차로 돌아올 때까지 장성구 씨는 별다른 대꾸가 없었다. 차가 몇십 미터를 더 간 후에 백미러로 살펴보니 장성구 씨는 내가 건넨 명함을 한 손에 쥔 채 우리 차를 계속 바라보고 서 있었다.

"저기 혹시 무슨 문제라도……."

"문제는 무슨, 아주 깔끔하게 잘됐는데요. 그쵸?"

노태성 씨가 조금 불안한 듯 말을 꺼냈으나, 닥터 박의 자신에 찬 대꾸에 더 말을 보태지는 않았다.

"근데요. 장성구, 저 사람 좀 이상하지 않아요?"

닥터 박이 내게 질문인지 동의를 구하는 말인지, 한마디를 더 건넸지만 나는 다른 생각에 빠져들어 대꾸하지 않았다. 서울로 돌아와서 노태성 씨에게 300만 원 정도를 받은 것으로 기억한다. 노태성 씨에게 정산서를 만들어주었으나 그는 보지도 않은 채 주머니에 찔러 넣었다. 그중 50만 원을 그 자리에서 닥터 박에게 건넸다. 노태성 씨는 내게 고맙다는 인사만

두세 번 하고는 사무실을 떠났다. 그렇게 또 한 건의 서비스가 마무리되었다고 생각했다.

"저, 장성구라고 하는데, 혹시 기억하세요?"

장성구 씨에게 전화를 받은 것은 그로부터 이틀이 지난 뒤였다. 뭔가 할 말이 있는 듯했다. 내 사무실에서 만나자고 할 수는 없어서 그가 다니는 대학이 있는 신촌 쪽으로 가겠다고 했지만, 그는 내 연구실 근처로 오겠다고 했다. 결국, 퇴근하는 길에 집 근처로 오라고 하고는 아파트 앞 카페에서 8시쯤 그를 만났다.

"저, 그게, 역시 좋시 않은, 뭐 그러네요."

"네? 그게 무슨 말씀이죠?"

"어설픈 의학 지식 가지고 버티는, 그런 게, 뭐 쉽지는…….'

장성구 씨가 뭔가 말을 꺼내는데, 무슨 말인지 이해하기가 어려웠다.

'어설픈 의학 지식, 설마?'

내가 바로 대꾸를 못 하고 있는데, 그도 별다른 말이 없었다. 아직도 열기가 가시지 않은 늦여름 밤이었지만 그는 뜨거운 녹차를 두 손으로 꼭 쥔 채 피어오르는 김을 바라보고 있었다.

"하시려는 말씀이……."

"비밀, 아니 비밀이라고 하기도 그렇고, 거짓말이란 게 결국 언젠가는 탄로가 나겠죠?"

내 심장이 빠르게 뛰며 손끝이 차가워지는 느낌이 들었다. 대꾸할 말을 못 찾고 머뭇거리고 있는데 장성구 씨가 다시 말을 이었다.

"죄송합니다. 정말 죄송합니다."

"네? 뭐가 죄송하다는 말씀이죠?"

"언제까지 속일 수 없다는 건 알고 있었습니다."

그의 말에는 어느새 눈물이 녹아 있었다. 그가 털어놓은 비밀, 거짓말은 이러했다. 그는 내가 미리 조사했던 대로 고등학교 졸업 후 서울 근교의 작은 물류회사에 들어가서 일을 시작했다. 그러다가 현재는 수원의 조금 큰 개인 병원에서 사무 보조 일을 하고 있었다. 그는 의사도 의대생도 아닌, 병원의 사무 보조원이었다.

"그런데 왜 그런 걸 제게 털어놓으시는 건가요?"

"다 아셨잖아요? 제가 거짓말하고 있다는 거……."

그는 병원에서 몇 년간 지내며 주워들은 지식으로 아버지인 이장 장 씨 그리고 동네 어르신들에게 자신이 명문대 의대생인 양 행세해왔다고 했다. 그러다가 노태성 씨와 우리 일행에게 자신의 거짓이 모두 탄로 났다고 생각한 듯했다. 그래서 그날 고향에서부터 계속 불안해했던 것이었다.

"저희가 고향 분들에게 장성구 씨의 이야기를 할까 봐 불안하셨나 보군요."

"……."

"말하지 않을 겁니다. 아무것도."

그는 고개를 숙인 채 한참을 소리 없이 눈물만 흘렸다. 그러고는 어느 순간 고개를 들어 나를 똑바로 바라보며 작은 목소리로 물어왔다.

"왜죠?"

"……."

"고향 분들 모두를 속였는데, 다 거짓인데, 왜 덮어주시는거죠?"

"그것도 진실일 수 있잖아요."

"그게 무슨……."

"본인의 얼굴일 때는 솔직히 말하지 않는다. 가면을 씌워주면 진실을 말할 것이다. 오스카 와일드가 한 말입니다. 성구씨가 쓰고 있는 의대생이란 가면 자체는 거짓이지만, 그 가면을 쓰고 아버지와 고향 분들을 대했던 마음은 진실이니까요."

"……."

"아버지와 고향 분들은 성구 씨가 의대생이어서 행복해하셨을 겁니다. 성구 씨가 의대생 역할을 그간 잘해왔잖아요."

장성구 씨와 몇 마디를 더 나누기는 했는데, 그 뒤의 이야기는 잘 기억이 나지 않는다. 집 앞 가게에서 산 캔맥주를 홀짝이며 불 꺼진 거실 소파에 푹 파묻힌 채, 창밖으로 지나가는 자동차의 불빛들을 오래오래 바라봤던 것만 기억난다.

"다시 어쩐 일이시죠?"

그 뒤로 한 달여가 지난 후에 장성구 씨로부터 다시 전화가 왔다.

"태성이 형, 그러니까 노 박사님에게 연락이 안 돼서요."

그의 목소리는 매우 다급하고, 기운이 빠져 있었다.

"태성이 형 아버지가 위독하세요. 아주 안 좋으세요."

우리가 노태성 씨의 고향에 다녀간 이후로 늦여름 장마가 전국적으로 이어졌다. 일주일에 하루 이틀을 빼놓고는 거의 매일 비가 계속되었다. 그러다가 요 며칠 날이 갠 틈을 타 노태성 씨 아버지는 깨진 기와를 고치려고 지붕 위에 올라갔다가 발을 헛디뎌 바닥으로 떨어지셨단다. 척추뼈 여러 개가 으스러져서 재생이 불가능하고, 하반신은 이미 마비되었다. 머리도 크게 다쳐서 의식이 돌아왔다 나갔다를 반복하는 상태였다.

"태성이 형 연락처로 고향 분들이 전화를 해봤는데, 미국 사람이 받고 대화도 안 되고 해서 제게 연락이 왔는데, 저라고 별수가 있어야지요. 여기저기 전화해보다가 잘 안돼서 연락드린 겁니다."

"네, 제가 바로 알아보겠습니다."

자신 있게 말을 했지만, 전화를 끊고는 잠시 멍한 상태로 앉아 있을 수밖에 없었다. 예전에 받아두었던 전화번호로 노태성 씨에게 전화를 해봤지만, 연결이 되지 않았다. 처음에 상담할 때 혈액암 치료를 위해 다닌다고 했던 병원이 생각났다. 병원에 찾아가보니 노태성 씨는 중환자실에 입원 중인 상태였다. 대화를 나눠보려고 했지만 의식이 온전하지 않았다. 간호사 말로는 이런 상태가 며칠째인데 하루 이틀 뒤에 의식이 돌아올 수도 있고 시간이 더 걸릴 수도 있다고 했다.

'이게 잘하는 짓인가?'

다음 날 오후, 나는 일전에 노태성 씨와 함께 찾아갔던 그 마을에 홀로 찾아갔다. 노태성 씨의 아버지는 읍내에 있는 작은 병원에 입원해 있었다. 병실 문을 열고 들어서자 이장인 장 씨 혼자 병상을 지키고 있었다.

"어, 태성이랑 함께 왔던 분 아닌가? 근데, 태성이는?"

내가 병실에 들어서자 장 씨는 뭔가 이상하다는 듯 내 뒤를 둘러보았다.

"그게, 노 박사님은 사정이 있으셔서, 제가 대신 왔습니다."

나는 노 박사가 미국 연구소에서 큰 프로젝트에 투입되어서 미국 국방성 보안규정상 앞으로 석 달 동안은 외부와의 연락이 일절 두절된 상태라고 둘러댔다.

"아, 그게 그래요? 아무리 그래도 아부지가 이렇게 사경을 헤매는데."

"네, 저도 어떻게든 연락을 해보려고 노력 중입니다. 그런데 아버님 상태는 어떠신가요?"

"모르겠어요. 의사들 말로는 쉽지 않을 거라는데, 뭐 노 씨가 원래 여기저기 아픈 데도 많았고."

장 씨는 다시 노태성 씨 아버지가 누워 있는 침대 옆에 등을 돌리고 앉았다. 나는 침대에서 두어 발 떨어진 자리에 어정쩡하게 서 있을 뿐이었다. 장 씨가 등을 돌린 채 다시 말을 꺼냈다.

"그래도 병원비 걱정은 안 해도 되니 다행이지. 하긴 태성이도 있는데 뭐. 아무튼, 내가 군청에 좀 알아봤더니 무슨 사회단체인가 복지단체인가에서 이렇게 혼자 지내는 사람들 돕는 게 있더라고. 그래서 그쪽에서 병원비는 일단 다 대주기로 했어."

그때였다. 잠든 듯 고요하기만 했던 노태성 씨 아버지가 힘겹게 한 손을 올리며 마른기침을 내뱉었다.

"어, 이봐 노 씨! 정신이 좀 들어?"

그는 고개를 못 돌리고 눈동자만 굴려서는 내 얼굴을 잠시 바라보았다. 그러더니 힘겹게 말을 꺼냈다.

"장 씨, 내가 이 양반하고 잠시 둘이 말을 좀…… 잠시만……."

장 씨는 그 말에도 쉽게 자리를 뜨지 않고 좀 머뭇거렸지만, 노태성 씨 아버지가 한동안 그의 눈을 바라보자 담배라도 찾는 듯 주머니를 뒤적거리며 병실 밖으로 나갔다.

"아버님, 괜찮으세요? 노 박사님은 사정이 있으셔서……."

장 씨에게 둘러댔던 말을 노태성 씨 아버지에게도 다시 해 보려는데 그가 한 손을 슬며시 내밀어 내 손을 잡았다. 거칠고 앙상한 손가락에서 온기가 느껴졌다.

"아녀. 괜찮아."

"네?"

"괜찮아. 다 알아."

"……."

노태성 씨 아버지는 모든 것을 알고 있었다. 노태성 씨가 집을 나간 후 서울에서 많은 고생을 하다가 도박에 빠져서 이제까지 세월을 허비했음을 알고 있었다. 그런데 그가 알고 있는 현 상태는 조금 달랐다. 그는 노태성 씨가 도박을 청산한 후에 서울 변두리의 공사판을 전전하며 막노동을 하는 것으로 알고 있었다. 노태성 씨가 처음으로 내게 상담을 해오기 대략 한두 달 전쯤의 상황이었던 듯싶었다. 노태성 씨 아버지는 심부름센터에 적잖은 돈을 주고 사람을 사서 노태성 씨를 찾아냈던 것이다. 다만 노태성 씨가 혈액암으로 투병 중인 사실은 모르고 있었다. 그러고 보니 비에 흠뻑 젖은 채로 노태성 씨가 내 앞에 내놓은 돈뭉치는 몇 달간 공사판에서 고생하며 마련한 것이었던 듯했다.

"됐어. 됐어. 태성이가 의사가 아니면 어때. 고마워. 고마워. 그런데 내가 이 꼴이 된 거, 우리 태성이한테는 알리지 말어. 나중에 내가 가거들랑 꼭 한마디만 전해줘. 고맙다고, 살아줘서 고맙다고."

그는 가쁜 숨을 몰아쉬며 뭐가 고맙다는 건지 몇 번이나 고맙다는 말을 되풀이했다. 아무 말도 건넬 수가 없었다. 나는 노태성 씨에게 다시 연락을 해보겠다는 말만 남긴 채 병실을 나섰다. 땅거미가 져가는 거리는 어느새 회색빛으로 물들고 있었다. 20~30분 정도를 방향도 모른 채 길을 걷다가 작은 골목 안의 대폿집에 들어섰다. 김치찌개와 막걸리 한 병이 탁자에 놓였다.

몽롱한 의식 속으로 노랫가락이 흘러 들어왔다. 벨벳 언더

그라운드의 〈선데이 모닝〉. 익숙한 멜로디를 반사적으로 머릿속에서 따라가고 있는데, 어디선가 쿵쿵 두들기는 소리가 들렸다. 정신을 차려보니 휴대폰 벨 소리가 계속 울리고 있었고, 옆방에서 누군가 내 침대 쪽 벽을 두들기고 있었다. 대폿집 근처의 허름한 여관방. 너덜대는 빛바랜 커튼 사이로 아침 햇살이 쏟아지고 있었다.

"어떻게 해요. 새벽에 돌아가셨어요."

장성구 씨의 목소리였다. 숙취 때문인지 아니면 다른 무엇 때문인지 머릿속이 윙윙거렸다.

"여보세요? 태성이 형하고는 연락이 안 됐어요?"

노태성 씨의 아버지는 나와의 대화 뒤에 다시 의식을 잃었고 새벽녘에 잠시 의식이 돌아왔다가 끝내 숨을 거두었다고 했다. 세수도 하지 않은 채 병원으로 달려가보니 그는 이미 영안실로 옮겨져 있었다. 며칠 뒤 상주도 없이 치러진 장례가 끝이 났다. 노태성 씨가 없는 상태여서 시신을 어떻게 할지 마을 어르신들도 난감해했다. 내가 그때 왜 그렇게 나섰는지는 지금도 확실하지 않지만, 노 박사님이 있는 미국 연구소 쪽에 내가 갈 일도 있고, 노 박사님이 당분간 한국에 들어오기도 힘드니 내가 미국 쪽으로 아버님을 모시겠다고 먼저 제안을 했다. 마을 어르신 몇 분이 그래도 아내가 잠들어 있고,

평생 살아온 이 마을에 있어야 하지 않겠느냐고 만류했으나, 이장 장 씨가 무슨 영문인지 내 편을 들어준 덕에 결국 내 말대로 결정이 되었다. 나는 노태성 씨 아버지의 시신을 화장 처리하여 작은 납골함에 담아 그 마을을 떠났다. 납골함을 차에 모시고 마을을 떠나려는데 장 씨가 급하게 나를 불러 세웠다.

"아, 이거 깜빡할 뻔했구먼. 노 씨가 죽던 날, 새벽에 마지막으로 깨어났을 때 나더러 집에 가서 이거 가져다가 꼭 전해주라고 하던데."

장 씨가 내게 내민 것은 작은 상자 세 개였다. 오래된 종이 상자로 보였는데, 상자마다 그 위를 여러 겹의 누런 박스 테이프로 겹겹이 둘러서 빈틈없이 봉해져 있었다. 사무실로 돌아와서는 상자 세 개를 모두 열어보았다. 노태성 씨에게 가져다줘야 했으나, 그가 아직도 의식이 없는 상태여서 먼저 내가 열어봐야 할 듯싶었다. 상자 안에 든 것은 낡은 천 원짜리 지폐 뭉치였다. 쪽지나 다른 무엇도 안에 없었다. 액수를 세어보니 상자마다 정확하게 천 원짜리가 천 장씩 들어 있었다. 상자가 세 개이니 총 300만 원이었다. 아들에게 주려고 했던 것인지, 아니면 다른 이유 때문이었는지. 그 뒤로 2~3일간 내게 무슨 일이 있었는지는 잘 기억이 나지 않는다. 술을 좀 마셨던 것도 같고, 계속 잠을 잔 것도 같고, 아니면 어딘가에 다녀온 것도 같다. 며칠이 지난 뒤에 나는 노태성 씨가 입원해 있던 병원에 찾아갔다. 중환자실에 그는 보이지 않았다. 복도 중앙의 데스크에 있는 간호사에게 그가 어디에 있는지, 퇴원한 것인지 물었다.

"보호자 되세요?"

"아뇨. 그렇지는 않은데요."

"하기는 처음에 오실 때부터 보호자가 없기는 했는데, 그분 지금 영안실에 있어요. 보호자 안 나타나면 얼마 뒤에 무연고로 구청에서 화장하거든요."

내가 마지막으로 그를 본 이후 의식이 돌아온 적이 없었나 보다. 그는 이틀 전쯤에 사망했다고 했다. 나는 노태성 씨 아버지가 얼마 전에 사망하셨음을 설명하고, 친구 자격으로 그의 시신을 인수해서 화장했다. 나에게는 그렇게 노태성 씨, 그리고 그의 아버지, 두 명의 납골함이 생겼다. 사무실 한편에 납골함 두 개를 놓아두고 근 한 달여를 보냈다. 내가 내린 결론은 그 두 분을 고향에 안치하는 것이었다.

노태성 씨 아버지가 내게 건넨 300만 원에 내 돈 300만 원을 더 보태, 그 고향 마을을 다시 찾았다. 나를 다시 본 고향 마을 분들을 모두 의아해했다. 내가 참으로 어설프게도 둘러댄 말은 이러했다. 노 박사님은 국방성 프로젝트 수행 중 폭발 사고로 사망하셨고, 미국에서 그에 따르는 훈장도 받았다. 고향에 돌아가기를 늘 희망했기에 이렇게 유골이 되어서라도 다시 고향에 돌아왔다고. 600만 원으로 노태성 씨 어머니의 무덤과 가까운 곳에 납골함 두 개를 안치할 곳을 마련했다. 이장 장 씨가 여러모로 도와준 덕에 일은 일사천리로 마무리됐다. 납골함을 안치하던 날 어떻게 알았는지 서울에서 장성구 씨가 일부러 내려왔다.

지금까지도 그때의 일을 가끔 되새겨보는데, 이상하게도 그날 날씨가 도통 생각나지 않는다. 다만 유리 벽 너머에 안치된 납골함을 보며 오랫동안 소리 없이 눈물 흘리던 장성구 씨의 모습만은 뚜렷하다. 나는 장성구 씨의 눈물을 보면서도 한 방울의 눈물조차 흘리지 않았다. 그러한 엔딩 상황 또는 엔딩이라는 그 자체에 깊이 안도했는지, 장성구 씨를 위로하기 위함이었는지, 나 자신에게 느꼈는지도 모를 모멸감을 감추기 위함이었는지, 지금도 잘 모르겠다.

그림자

"빛을 보기 위해서는
그림자를 먼저 봐야 한다."

하람은 조 실장이 남긴 '해피 엔딩'을 몇 번이나 반복해서 읽었다. '해피 엔딩'의 맨 뒷장에는 메모가 적혀 있었다. 조 실장이 더 컴퍼니에 합류한 시점에 남긴 메모였다.

'나는 누군가를 속인다고 생각하지 않았다. 나는 누군가의 기억을 아름답게 조각한다고 믿었다. 사람들의 삶을 조각한 구스타브 비겔란과 다를 바가 없다고. 하지만 나는 늘 불완전했다. 그래서 더 완전한 조각을 창조하기 위해 그들에게 합류했다. 이 길로 나를 초대해준 장 교수님에게 감사한다. 더 컴퍼니를 통해 나는 완성할 것이다.'

'해피 엔딩'과 조 실장의 메모를 읽을수록, 하람의 머릿속에는 조 실장의 지난날 모습이 선명하게 각인되어 마치 자신의 기억 일부처럼 자리 잡아갔다. 조 실장이 떠난 후로 아직 새로운 고객을 만나는 일이 주어지지는 않았다. 대신 그동안 조 실장과 함께 만났던 고객들에 관한 결과 보고서를 올리라는 지시를 받아서, 그 작업을 줄곧 해왔다. 보고서 작업을 얼추 마무리하고 침대에 누워 시계를 보니 10시 46분이었다. 이제 선택을 해야만 했다. 소이에게도 답을 해야 할 때다.

이때, 하람의 휴대폰으로 문자가 들어왔다. 발신 번호를 살펴보니 정확하게 기억은 안 나지만 어디선가 본 듯한 번호였다. 놀랍게도 죽은, 아니 아르카디아로 옮겨 간 조 실장의 전화번호였다. 아주 긴 문자, 문자라기보다는 편지가 들어와 있었다.

하람 씨에게 이 메시지가 무사히 도착하길 바랍니다. 이 메시지는 누구의 검열도 받지 않았습니다. 아르카디아에서 설립자들의 검열 없이 그곳으로 메시지를 보내는 건 금지되어 있습니다. 그래도 나름대로 우회하는 코버트 채널을 신중하게 준비했으니, 이 메시지가 잘 도착했으리라 믿어 봅니다.

마지막으로 우리가 만난 지 벌써 몇 주가 지났겠군요? 이곳에서는 벌써 몇 달이 흐른 셈이지만요.

하람 씨, 내가 왜 회사에 합류했는지 궁금했죠? 한 번도 내게 대놓고 물은 적은 없지만, 늘 궁금해했다는 걸 알고 있습니다. 나에 관한 개인적 관심이라기보다는 하람 씨가 회사에 들어온 후에도 확신하지 못하고 있는 부분들에 관해 나를 통해서라도 나름의 답을 찾아볼 수 있었을 테니까요.

ㄴ을 통해 '해피 엔딩'을 받았겠죠. 그게 과거의 내가 회사에 합류하게 된 배경입니다. 나는 삶에서 우리가 경험하는 것은 각자가 인지한 이벤트의 연속일 뿐이라고 믿었습니다. 그 이벤트가 물리적으로 실재하지 않더라도, 또는 실재하는 것과 달라도 괜찮다고, 그래서 누군가가 행복하고 세상이 문제없이 돌아간다면 더할 나위 없이 좋다고 믿었습니다. 합성 착향료로 맛을 낸 레모네이드를 내가 좋아했던 이유도 비슷하죠. 누군가는 허상이라고 비웃을지 몰라도, 나는 그런 허상이 더 아름답다고 믿었습니다. 그러나 나 혼자 몇몇 사람의 도움을 받아서 운영하던 그 흥신소 같은 시스템으로는 한계가 명확했습니다. 그래서 회사에 합류했습니다.

솔직히 말해서, 그게 전부는 아닙니다. 회사에 합류하고 얼마 후, 병원에서 폐암 진단을 받았습니다. 이미 몸 곳곳에 전이가 많이 된 상태였습니다. 회사의 도움으로 예정보다 더 오래 살 수 있기는 했습니다. 그러면서 갈망이, 너무나도 깊은 갈망이 생겨났습니다. 이곳, 아르카디아를 향한. 돌이켜보니, 나를 회사에 매달리게 만들었던 동인이 허상의 아름다움에 관한 내 신념 때문인지, 아니면 아르카디아에 관한 갈망 때문인지 모르겠습니다. 아닙니다. 솔직히 말하면, 아르카디아에 관한 갈망이 더 컸습니다. 그러나 이런 갈망을 부끄러워하지는 않았습니다. 장 교수님의 모습을 보면서 나 자신을 합리화한 것 같습니다.

내가 어떻게 지내고 있는지 궁금한가요? 메이와 함께 강가와 숲길을 거닐며 평화롭게 지내고 있습니다. 메이가 잠든 후에는 툇마루 끝에 앉아서 거의 매일 보드카와 담배를 즐깁니다. 육체의 고통에서 벗어난 후, 부담감 없이 다시 찾은 습관이죠. 그리고 여전히 이곳에서도 회사의 일을 맡아서 처리하고 있습니다.

아마도 하람 씨가 여기, 아르카디아 속 세상을 궁금해하겠네요. 아르카디아는 거대한 메타버스 안에 존재하는 허상의 세계입니다. 물론, 나를 포함해서 이 안에서 살아가는 이들에게는 모든 게 물리적으로 느껴지는 현실 세계입니다. 발할라가 제공하는 오감은 모든 것이 현실 그 자체니까요.

이곳에서 사람들은 거대한 마천루와 푸른 숲, 광활한 바다를 배경으로 삶을 이어가고 있습니다. 설립자들은 기술과 자연이 공존하는 형태로 아르카디아를 만들고 싶었다고 합니다. 그래서 아르카디아 곳곳에는 자연과 동물을 모티브로 한 요소들이 녹아 있습니다. 건물 외벽에는 인터랙티브한 식물 텍스처가 입혀져 있어서 사람들의 터치에 반응하며 변화무쌍한 패턴을 만들어냅니다. 공원에는 다양한 바이오닉 나무가 서 있는데, 나뭇가지를 스쳐 가는 바람에 따라 나뭇잎들이 반짝이며 빛을 발하죠.

아르카디아의 하늘에는 때때로 디지털 구름과 새 떼가 지나갑니다. 바람에 흩날리는 구름은 사람들이 직접 만지고 변형할 수도 있죠. 이곳에서는 사람과 동물이 갈라져 있지 않습니다. 동물원이나 별도 보호구역이 아니라 사람들이 사는 공간에서 사자, 사슴, 곰, 원숭이 등이 더불어 살아갑니다. 길거리나 공원에 나가면 그런 동물들이 사람들과 평화롭게 어울리고 있습니다. 바다에는 형형색색의 물고기 떼가 유영합니다. 아르카디아의 주민들은 때때로 물고기 아바타로 변신해 바다를 헤엄치기도 하고, 고래가 되어 심해를 탐험하기도 해요. 바닷속 경관은 마치 해저의 아트 갤러리 같아서, 웅장한 산호초와 신비로운 해파리 무리가 눈과 마음을 사로잡습니다.

물론, 이 모든 것은 발할라에 의해 만들어지고 통제되는 허상의 자연입니다. 아름다운 풍경과 경이로운 동물들은 사실 데이터와 픽셀로 이루어진 환영일 뿐이죠. 지속 가능하지도 않고, 진화하거나 번식하지도 않는 인공 생태계입니다. 하지만 여기서 지내다 보면, 그런 생각을 하기는 어렵습니다. 그저 현실일 뿐이니, 그 속에 녹아들게 됩니다.

바다 위에는 미래도시를 연상케 하는 인공 섬들이 떠 있습니다. 섬 위에는 화려한 리조트와 고급 주택가가 들어서 있죠. 권력층들은 이 인공 섬에서 화려한 파티를 열며 사치를 즐깁니다. 도시에는 곳곳에 홀로그램 광고판과 대형 모니터가 있어 끊임없이 볼거리, 즐길 거리를 뿜어냅니다. 이렇게 설명을 해보지만, 하람 씨에게 어느 정도나 전달될지 모르겠네요.

아르카디아란 단어가 이곳을 잘 설명하는지 나는 줄곧 의아합니다. 인간과 자연이 어우러져서 단순하고 순수하게 살아가는 세상이 아르카디아인데, 내가 몇 달간 지낸 이곳의 이면은 결코 그런 세상이 아닙니다.

이곳에서의 삶이 예전보다 좀 더 풍요롭고 덜 고통스럽기는 합니다만, 이런 게 단순하고 순수한 삶인지는 모르겠습니다. 내가 꿈꾸던 유토피아의 모습이 무엇인지는 잘 모르지만, 적어도 지금 여기의 모습은 아닙니다.

이곳에 오기 전에는 나도 여기의 모습을 정확히 몰랐습니다. 막연하지만 대략 이런 모습을 꿈꾸기는 했습니다. 물리적 한계, 물질적 제약에서 벗어나 이곳에 사는 모두가 평화롭게 공존하는 모습을요. 더 많이 갖기 위해 서로 경쟁하고 다투는 모습, 지배자와 피지배자로 나뉜 모습이 없기를 기대했습니다. 단순하게 보면 이곳에서 살아가는 이들이 느끼고 경험하는 모든 요소는 그저 거대한 컴퓨터 서버 속에 존재하는 디지털 숫자이니까요. 그러나 이곳도 그곳과 마찬가지로 물질의 제약이 있고, 소유를 위한 경쟁, 지배 그리고 그에 따른 고통이 존재합니다.

아르카디아의 화려한 도심을 조금만 벗어나면 을씨년스러운 빈민가가 펼쳐집니다. 낡고 누추한 건물 사이로 헐벗은 이들이 살아가고 있습니다. 아르카디아의 물리적 풍경은 미래적이고 화려하지만, 그 속에서 계층 간 격차와 불평등의 민낯이 고스란히 드러납니다. 처음에는 왜 그런 공간을 만들었는지, 왜 그들에게 그런 삶을 살게 하는지 이해하지 못했습니다. 그러나 얼마 지나지 않아서, 아르카디아의 어두운 그림자를 이해할 수 있었습니다.

이 모든 게 그들, 설립자들의 설계인 셈이죠. 설립자들은 이 모든 것을 시작한 이들입니다. 그들은 계층 간 격차를 통해 권력을 유지하고 있습니다. 일부 상류층에게 부와 특권을 집중시키고, 하층민들은 가난 속에 살게 함으로써 지배 구조를 공고히 하는 거죠. 또한, 특권층은 빈민층과의

극명한 대비를 통해 우월감을 느낍니다. 자신들이 누리는 호사스러운 삶이 빈민들의 비참함 위에서 가능하다는 사실에서 쾌감을 얻는 것이죠. 체제에 대한 불만을 분산시키기 위한 면도 있습니다. 시민들의 관심과 분노를 빈민층에게로 돌림으로써 권력층의 책임을 회피하는 것입니다. 모순의 화살이 위로 향하지 않도록 아래에서 갈등을 부추기는 교묘한 술수입니다.

하람 씨도 이미 알겠지만, 이 모든 것은 발할라에 의해 움직이고 있습니다. 설립자들의 의도에 따라 인공지능 기계인 발할라를 만들었고, 발할라가 아르카디아를 움직이고 있습니다. 물론, 하람 씨가 살아가는 세상에서 회사가 판매하는 다양한 상품도 발할라에 의해 관리되고 있고요.

살아 있을 때 회사를 설립했던 이들의 대부분이 죽어서는 아르카디아를 지배하며, 더불어 회사를 움직이고 있습니다. 설립자들이 처음에 아르카디아를 만든 목적, 그들이 표방한 목적은 죽은 자의 정신과 산 자의 정신 사이에 영원한 다리를 놓아서, 인류가 다음 단계로 나아가게 이끌기 위함이었습니다. 그런데 저는 이곳에서 그런 목적을 찾지 못했습니다.

나는 여기서 일부 부유층, 정치인, 연예인들과 마주치기도 했습니다. 그들 중 상당수는 죽음이 임박했기에, 아르카디아의 취지에 부합했기에, 이곳에 자리를 잡은 이들이 아니었습니다. 현실 세계에서 씻을 수 없는 죄를 짓고, 자신의 삶을 리셋하기 위해 아르카디아에 터전을 잡은 이들이 많았습니다. 회사는 그저 돈을 목적으로 그들을 받아들였습니다. 어쩌면 나는 처음부터 이 모든 것을 눈치채고 있었는지도 모르겠네요. 어쩌면 그저 내 지난 삶을 부정하기 싫어서, 회사의 그림자를 못 본 체하며 살아왔는지도 모르겠네요.

염치없지만, 하람 씨에게 부탁이 있습니다. L이 하람 씨를 지켜주겠지만, 하람 씨도 L을 지켜주기를 부탁합니다. 아르카디아 내부에는 안타고니아라는 지역이 존재합니다. 굳이 말하자면 감옥, 그것도 최악의 감옥과 같은 곳입니다. 안타고니아 구역은 한마디로 지옥입니다. 세상에서 사람들이 상상하던 지옥의 모습을 이곳의 안타고니아 구역에 그대로 옮겨두었다고 보면 됩니다. 하람 씨가 대학 시절 상상했던 공간이 실제로 만들어진 것 같습니다. 하람 씨를 탓하려는 뜻은 아닙니다. 단순한 상상을 실행으로 옮긴 건 장 교수와 설립자들이니까요.

설립자들은 자신들에게 반기를 들었던 이들을 죽이지 않고, 다시 말해 신경망을 끊어놓지 않고, 이 안타고니아 구역에 영원히 가둬놓는 가혹한 형벌을 내리고 있습니다. 그 안에 얼마나 많은 이들이 있는지는 나도 모릅니다. 내가 알기로는 L의 어머니, 원래 설립자들 중 한 명이었던 그분도 그곳에 있습니다. 장 교수님에게 듣기로, 초기 멤버였던 L의 어머니가 아르카디아로 온 후 설립자들과 마찰이 있었나 봅니다. 그에 따른 벌로 안타고니아 구역에 감금된 상태라고 들었습니다. 정확한 시기는 모르지만, 적어도 몇 년은 되었을 테니, 그분 입장에서는 수십 년 이상을 지옥에서 버텨온 셈입니다. L은 이런 상황을 다 알고 있습니다. 내가 L의 생각을 다는 모르지만, L이 회사 일을 놓지 못하는 이유 중 하나는 어머니를 그곳에서 풀어드리고 싶기 때문일 테지요.

나도 안타고니아로 갈지 모릅니다. 그래도 상관없습니다. 이미 나는 지옥 속을 걷고 있으니까요. 삐뚤어지고 불안정한 세상을 바로잡고 싶었습니다. 허상으로 그렇게 할 수 있으리라는 신념으로, 타인의 기억을 조작하며 회사 일에 매달렸습니다. 그런데 이제 와 생각해보니, 나는 세상을 더욱더 뒤틀어버리고 말았습니다. 이런 일에 하람 씨를 끌어들여서 미안합니다. 정말 미안합니다.

다만 내 계획이 이뤄져서, 하람 씨에게 더 이상 미안하지 않을 날이 곧 오기를 바랍니다. 하람 씨에게 연락을 또 하지는 못할 겁니다. 회사를 찾아오는 사람들, 그리고 하람 씨 자신을 잘 돌보길 바랍니다. 하람 씨와 함께 마시던 코스모스의 레모네이드가 그립군요. 잘 지내요.

장도영

"탐욕을 품으면 욕망을 이루지만,
영혼을 잃는다."

하람이 조 실장으로부터 메시지를 받은 날로부터 이틀 후, 장 교수는 아침 일찍 연구실에 출근했다. 이런저런 밀린 서류들을 처리하고 있는데, 휴대폰에 문자메시지가 들어왔다.

장 교수님,

유감스럽게도 사모님의 뇌는 처음부터 아르카디아에 생착하지 못했습니다.

설립자들은 이를 교수님께 숨겨왔습니다.

그래야 교수님을 흔들고 지배할 수 있다고 믿었던 것 같습니다.

이 메시지는 제가 발할라를 통해 보내드리는 처음이자 마지막 글입니다.

교수님께 무엇을 기대하며 이 글을 보내는 것은 아닙니다.

그저 이제라도 교수님께서 진실을 아시길 바라는 마음뿐입니다.

아르카디아에서 조민석 올림

메시지를 읽은 장 교수는 연구실 바닥에 주저앉아버렸다.

발신자 정보는 비어 있었다. 장 교수는 순간 생각했다. 혹시 이 메시지가 거짓이라면 누가 발할라, 아르카디아, 더 컴퍼니, 조 실장, 그리고 자신의 아내에 관한 사실을 모두 알고 있을 지를. 소이를 잠시 떠올렸다. 그러나 소이가 여기까지 모두 알고 있다고 보기는 어려웠다. 특히 아내에 관한 부분을. 장 교수는 다시 생각했다. 혹시 이 메시지를 진짜 조 실장이 보낸 것이라면, 어떻게 조 실장이 발할라를 움직여서 이런 메시지를 보낼 수 있었는지를. 설립자들이 만든 인공지능인 발할라가 회사와 설립자들의 뜻에 반하는 이런 쪽지를 자신에게 보내올 리는 없다고 생각했다. 아니다. 장 교수는 무엇보다 첫 줄의 메시지, 자신의 아내가 처음부터 아르카디아에 온전히 연결되지 못했다는 내용을 받아들일 자신이 없었다.

'그래, 이건 누군가의 장난이야. 거짓이야. 이게 진짜일 리 없어!'

장 교수는 마음속으로 소리쳤다. 반복해서 외치고 또 외쳤다. 그러나 그러면 그럴수록 무거운 무언가가 마음 한편을 짓누르는 느낌이 강해졌다. 숨을 쉬기조차 어려웠다. 냉장고에서 생수를 꺼내 한 병을 전부 목으로 넘겼다. 그의 손이 심하게 떨렸다. 그는 연구실을 나섰다.

장 교수가 급하게 건물 밖으로 나오는데, 기자들이 진을 치고 있었다. 기자들은 장 교수가 나오자 카메라 플래시를 터트리며 그를 찍어댔다.

"그 기사가 사실인가요?"

"케냐 소년은 어디 있나요?"

그리고 반대편에는 장 교수를 옹호하는 단체들, 가짜 뉴스를 퍼트리는 유튜버들도 자리하고 있었다. 그 자리에 있는 누군가가 소리쳤다.

"그게 가능한 얘기라면 나부터 삽시다."

"거짓 뉴스로 돈벌이하는 정소이 기자를 고발하라! 고발하라!"

소이가 터트린 기사의 여파였다. 그런데 순간 여기저기서 사람들이 웅성거렸다. 정소이 기자에게 자료를 제공한 의사가 돌연 거짓 제보였다고 고백했다는 소식이 현장에 있는 기자들에게 급하게 전해졌다. 정 기자의 협박과 회유를 이기지 못하고 거짓을 털어놓았다는 소식이었다. 순간 분위기는 장 교수 쪽으로 기울었다.

"뭐야 이거? 특종 잡으려고 쇼한 거 아냐?"

"아, 이래서 근본 없는 애들은 믿으면 안 된다니까."

"기사 냈던 정소이 기자나 취재하러 가자!"

"경찰에서 벌써 정 기자, 조사 들어갔다고 하는데."

기자들이 더 크게 술렁이기 시작했다. 그러나 장 교수에게는 취재진도, 소이에 관한 이야기도 중요하지 않았다. 정신없이 차를 몰아 해명 외곽에 위치한 개인 연구실에 도착했다. 학교의 다른 연구원들이나 회사 관계자들조차 모르는 곳이었다. 장 교수도 근 3년 가까이, 그러니까 아내를 아르카디아에 보낸 후로 그곳을 방문한 적이 없었다. 연구실 안에는 여러 장비들이 지저분하게 널려 있었다. 하얀 천으로 장비와 자료들을 덮어뒀는데, 천 위에 먼지가 켜켜이 쌓여 있었다.

'여기 어딘가에 있을 텐데.'

장 교수는 하얀 천들을 서둘러 걷어냈다. 연구실 안은 금세 희뿌연 먼지로 가득해졌다. 그 사이에서 장 교수는 낡은 컴퓨터 하나를 끄집어냈다.

'그래 이거야!'

장 교수는 낡은 컴퓨터에 전원 코드를 연결했다. 인공지능 기계인 발할라의 초기 모델을 연구할 때 쓰던 컴퓨터였다. 그 안에는 장 교수가 시험 삼아 아내의 소셜 미디어, 휴대폰 메시지, 일기, 대화 녹취록 등을 모아서 만들었던 아내의 인공지능 아바타, 아내를 복제한 아바타가 담겨 있었다. 장 교수는 인공지능 코드를 한동안 뜯어고쳤다.

'이게 잘 작동해야 할 텐데.'

장 교수는 태블릿을 꺼냈다. 그간 아내와 나누었던 영상통화 기록들을 살펴봤다. 연결 케이블을 꺼내 태블릿과 컴퓨터를 연결했다. 태블릿 속 영상통화 기록을 컴퓨터로 복사했다. 복사가 끝난 파일들을 분석 프로그램에 입력한 장 교수는 초조한 마음으로 컴퓨터의 출력을 기다렸다. 이내 결과가 나왔다.

'동일 인물이 아닙니다. 입력한 영상 속 여성의 모습, 말투, 대화 내용 등은 비교 대상 여성과 95퍼센트 일치합니다. 그러나 이는 학습한 데이터를 바탕으로 인공지능이 모사한 것으로……'

장 교수는 아르카디아 속 아내와 그간 나누었던 영상통화 기록을 아내의 생전 기록과 비교했던 것이다. 컴퓨터는 영상통화에서 장 교수가 만난 이는 실제 아내가 아니라, 인공지능이 모사한 아바타라는 결과를 보여줬다. 장 교수는 떨리는 손으로 태블릿 속 영상통화 기록을 되돌려봤다. 반복해서 재생하고 또 재생했다. 어쩌면 인공지능 코드를 통한 복잡한 분석, 판단은 처음부터 필요하지 않았는지도 모른다. 장 교수는 아내가 아르카디아 속에 살아 있음을 그저 믿고 지내왔다. 믿고

싫었기 때문이다.

"어떻게 내게, 어떻게 내게 너희들이 이럴 수 있어! 어떻게 내게 이러냐고!"

장 교수는 목이 터져라 소리를 지르며 연구실 안의 장비와 서류를 던지고 걷어찼다. 몇 분이 흐르고 장 교수는 바닥에 쓰러지듯 주저앉았다. 무엇에 부딪쳤는지 모르지만, 장 교수의 이마와 손에는 피가 흐르고 있었다. 장 교수는 고개를 든 채 흐느꼈다. 연구실 안의 공기처럼 장 교수의 머릿속은 온통 뿌옇게 빛을 잃어갔다. 자신이 회사와 설립자들의 비전을 진심으로 지지했던 것인지, 자신이 지지했던 그들의 비전이 실재하기는 했는지, 그것도 아니면 아내에 관한 집착 때문에 그저 그들의 편에 섰던 것인지, 자신도 알지 못했다. 장 교수는 스스로 답하기가 두려웠다.

장 교수의 행적이 묘연해지자 이틀 만에 L이 그의 개인 연구실을 찾았다. 소주병이 나뒹구는 그곳에 넋이 나간 장 교수가 있었다.

"교수님, 대체 무슨 일이셔요?"

자리에서 일어난 장 교수가 말없이 L의 어깨를 두 손으로 감싸며 옆의 소파 쪽으로 이끌었다.

"L, 아니, 민지야. 지금부터 내가 하는 얘기 잘 들어라. 더 늦기 전에, 아니 이미 늦었지만, 그래도 기회가 있을 때 네게 꼭 털어놓고 싶구나. 그래야 하고……."

장 교수는 L에게 그동안 숨겨왔던 비밀을 모두 풀어놓았다. 장 교수는 L의 어머니인 이 박사와 오래전부터 알고 지낸 사이였기에 L을 어린 시절부터 알고 있었다. 이 박사는 자신의 연구에 미치도록 빠져든 나머지 어린 L을 전혀 돌보지 않았다. 나중에는 L을 양육 시설에 맡겨놓고 1년에 서너 번만 찾아가는 상황에까지 이르렀다. 처음에 L은 그런 어머니를 그저 그리워했다. 그러나 어느 순간부터 어머니에 대한 L의 감정은 그리움이 아닌 원망과 분노로 차올랐다. 10대 후반의 나이가 된 L에게 이 박사는 자신이 꿈꾸는 더 컴퍼니에 관한 비전을 설명했다. 자기 딸이라면, 자기의 꿈을 모두 이해해주리라 믿었다. 하지만 L은 엄마의 꿈에 조금도 동조하지 않았다. L은 더 컴퍼니에 엄마를 빼앗겼다고 생각했다. 그리고 엄마는 자신의 꿈을 위해 딸을 버린 사람일 뿐이었다. 이 박사와 L 사이에는 꿈의 연결도, 가족으로서의 연결도, 아니 인간 대 인간의 연결까지 모두 끊긴 상태였다.

이 박사는 자신의 딸이 평생 그런 상처를 안고 살아가기를 원치 않았다. L이 자신처럼 위대한 목표를 위해서라면 무엇이든 할 수 있는 단단한 사람이 되기를 바랐다. 장 교수가 만류했으나, 이 박사는 L에게 기억 재설정술을 시행했다. L의 머릿속에 어린 시절 어머니와 함께한 아름다운 추억을 채워 넣었다. 헌신적으로 L을 돌본 어머니의 모습을. 그리고 마인드 복사술을 통해 L에게 더 컴퍼니에 관한 열망을 불어넣었다. 장 교수의 설명을 듣고 난 L은 무어라 말을 꺼내지 못했다.

"민지야, 정말 미안하구나. 내가 말렸어야 했는데. 아니다. 어쩌면 나도 이 박사를 그저 방조한 게 아니라 마음속으로는 적극 동조한 것 같구나. 네게 정말 미안하다."

장 교수는 흐느끼며 L의 손을 잡았다. L은 뿌리치듯 손을 빼냈다. 장 교수가 풀어놓은 이야기들을 순순히 받아들이기는 힘들었다.

"교수님의 말이 모두 사실이라면, 지금 어머니가 안타고니아에 있기는 한 건가요? 더 컴퍼니의 비밀을 알고 있는 저를 지키기 위해서 엄마 스스로 안타고니아에 갇혔다고 했잖아요. 제가 더 컴퍼니에서 기여하는 존재가 되면, 엄마가 석방될 거라고 했잖아요."

"아니야. 그것도 그렇지 않아."

이 박사가 안타고니아에 감금되어 있다는 것도 모두 거짓이었다. L이 더 컴퍼니의 일에 더 빠져들도록 유도하기 위해 이 박사의 지시대로 장 교수는 L을 속여왔다. 이 박사는 더 컴퍼니의 설립자 지위를 유지하면서, 여전히 아르카디아에서 막강한 영향력을 행사하고 있었다. 이 박사의 계획을 L이 잇고 있었던 것이다.

"그럼, 그동안 나는 아무것도 모른 채 그냥 그렇게……."

"민지야, 정말, 정말 네게 미안하구나."

장 교수는 다시 L의 손을 잡으려고 했으나, L은 뒷걸음질쳤다. 그러고는 말없이 연구실 밖으로 뛰어나갔다. 장 교수는 L을 붙잡을 수 없었다.

L

"인간에게 삶이란
각자가 인지한 경험의 연속이다."

환하게 불이 켜진 방. L은 꿈꾸기를 두려워한다. 그래서 깊이 잠들지 않기 위해 늘 불을 켠다. 그런데도 L은 꿈속에서 매일 아르카디아를 본다.

아르카디아는 풍요와 쾌락이 넘치는 메타버스 공간이다. 물리적 현실을 모방해서 만들어진 가공의 디지털 세상이지만, 그 속에서 살아가는 이들에게는 그 자체로 현실인 세계다. 거대한 인공지능 기계인 발할라에 의해 만들어지고 움직이고 있다.

아르카디아는 산 자들의 접근을 허용하지 않는다. 죽어가는 이들이 자신의 뇌와 신경다발을 아르카디아에 연결한 채 또 다른 삶을 이어간다. 회사를 설립했던 주요 인물들, 조직의 뒤를 봐주던 권력자들 중 상당수가 이미 아르카디아를 통해 죽음 이후의 삶을 누리고 있다. 장 교수가 조직에 맹목적으로 충성하며 매달리는 배경에도 아르카디아가 있다. 자신의 아내를 아르카디아에 보냈기에, 장 교수는 더 컴퍼니를 부정할 수 없다. 언젠가 자신도 아르카디아에서 아내와 재회하여 영원한 삶을 이어가길 꿈꿨다.

장 교수 외에도 더 컴퍼니와 연관된 많은 이들이 아르카디아를 갈망한다. 어찌 보면 고도화된 온라인 게임과도 닮아 있는 듯했으나, 현실과 게임의 관계가 뒤집어진 게 아르카디아였다. 죽은 자들은 아르카디아에서 풍요를 누리며 살아간다. 그런데 그 삶이 물리적 현실 세계와 완전히 분리된 것도 아니다. 그들은 아르카디아에서 살아가면서, 더 컴퍼니를 통해 물리적 현실 세계에도 막대한 영향을 끼친다. 아르카디아에서 죽음 이후를 이어가는 이들은 살아 있을 때보다 더 큰 풍요와 쾌락을 누림과 동시에, 현실 세계를 보다 더 깊고 은밀하게 주무르고 있다.

아르카디아 내에는 가상자산 시스템이 작동하며, 거대하고 치밀한 경제 구조를 이룬다. 또한 더 컴퍼니를 통해 물리적 현실 세계에서 벌어들이는 자산도 아르카디아 속 지배층이 움직인다.

L은 아르카디아에 직접 가본 적이, 그러니까 접속해본 적이 없다. 살아 있는 사람이기에 죽은 자들의 땅인 아르카디아에 발을 들여본 적이 없다. 그러나 L은 꿈속에서 아르카디아를 늘 선명하게 느꼈다.

'L, 너의 어머니, 이 박사는 아르카디아에 있단다. 그곳은……'

L이 더 컴퍼니에 합류하는 과정에서 장 교수는 아르카디아에 관해 상세하게 들려주었다. 그렇다고 L의 머릿속에 그려지는 아르카디아의 모습이 장 교수의 설명 그대로는 아니었다. 오히려 이상하리만큼 더 선명하고 세세하게 아르카디아는 L의 꿈속에서 그 모습을 드러냈다. L은 꿈속에서 아르카디아를 거닐었다.

아르카디아 속을 거닐던 L의 눈앞에 오늘도 어김없이 안타고니아의 문이 나타났다. L은 안타고니아 쪽으로 다가가고 싶지 않았다. 그런데 역시 자신의 의지와 상관없이 L은 반쯤 열린 문 사이로 안타고니아를 내려다보게 되었다. 안타고니아는 아르카디아 속에 만들어진 감옥이다. 사실 감옥보다는 지옥에 가까운 형상을 띤 곳이다. 아르카디아의 규칙을 따르지 않는 이들, 더 컴퍼니에 위해를 가할 수 있는 이들을 가두는 지옥이었다. 그런 이들의 신경다발을 아르카디아와 분리하여 죽음 이후의 삶을 끝내버리는 게 더 간단하겠으나, 아르카디아의 지도자들은 반역자들을 본보기로 삼고 싶어 했다. 그게 아르카디아 속에 안타고니아가 존재하는 이유였다. 그렇게 죽어서도 영원히 갇혀 있는 형벌이 주어지는 곳이 안타고니아였다.

꿈속에서 L은 눈을 감고 싶었다. 그러나 그럴수록 더 선명하게 안타고니아의 모습이 다가왔다. 깊고 어두운 안타고니아의 바닥에서 몸부림치는 어머니의 모습이 L의 눈앞으로 다가왔다. 오늘도 지옥 불 속에서 어머니의 몸이 녹아내리고 있었다.

L은 잠에서 깨어났다. 베갯잇이 축축하게 젖어 있었다. 시계를 확인해보니 아침 7시였다. L은 이런 꿈을 꿀 때마다 장교수를 찾아갔고 그는 엷은 한숨을 내쉬며 L을 맞아주곤 했다. 자신이 괜히 안타고니아에 관한 얘기를 한 것 같다며, 지도부에서도 L이 얼마나 헌신적으로 조직을 위해 노력하고 있는지 잘 알고 있다고 다독이곤 했다. L은 매번 자리에서 일어나기 전에 장 교수에게 똑같은 질문을 했다.

"정말, 엄마를 안타고니아에서 구해낼 수 있겠죠?"

그러면 장 교수는 늘 같은 대답을 했다.

"그럼, 그간 네 노력도 있고 하니, 지도부에서도 조만간 결단을 내릴 거야."

그때 L은 보지 못했다. L을 조종하는 장 교수의 거짓된 얼

굴을. 그리고 원망했다. 모든 것을 다 알게 된 후에도 이런 악
몽에서 헤어나지 못한 자신을.

발할라

"인간의 능력은 무한하다.
그러나 인간의 오만은 그 무한도 넘어선다."

자정이 조금 넘은 시간. 하람은 가상현실 고글을 착용했다. 고글 속에 푸른 초원과 대형 모니터를 띄웠다. 중요한 이야기를 풀어내고 싶었다. 하람은 소이에게 메일을 쓰기 시작했다.

소이야, 연락이 닿지 않아서 메일을 보내.

나에 대해서 크게 실망한 거 알아.

그런데 더 컴퍼니에 맞서기 위해서는 더 치밀한 계획이 필요해.

그동안 내가……

거기까지 쓰는데, 화면이 바뀌었다. 하람이 즐겨하던 낚시 게임이 플레이되었다. 그리고 낯선 남자가 갑자기 게임 속 하람의 캐릭터 옆에 다가와 앉았다.

"하람, 뭐가 좀 잡히나요?"

하람은 순간 당황했다. 이런 오류는 본 바도 들은 바도 없었다. 더욱이 이 게임은 네트워크 플레이 기능이 없다. 동시에 여럿이 낚시를 즐길 수 있는 게임도 아니었다. 게다가 하람은 게임 속에서 실명을 사용하지 않았다. 그런데 다른 플레이어가 어떻게 자신의 이름을 알고 있는지 의아했다.

"그런데, 누구시죠? 제 이름은 어떻게 아시죠?"

"하람 씨가 바라보는 이 모습의 이름이 그렇다고 소개하기는 좀 애매하지만, 아무튼 인간의 관점에서는 저를 발할라라고 부르면 되겠네요."

"네? 대체 그게 무슨 말씀이죠? 발할라라고요?"

"네, 일단 그렇게 부르시죠. 그리고 두 번째 질문에 관해 답하자면, 저는 회사와 관련된 모든 것을 알고 있으니 하람 씨도 당연히 알고 있습니다."

"회사라고요? 무슨 회사를……."

"하람 씨 입장에서는 이렇게 지칭하면 이해하기 편하시겠네요. 더 컴퍼니를 말하는 겁니다."

하람은 너무 놀란 나머지 지금 자신이 가상현실 고글을 쓰고 있다는 사실을 망각할 정도였다.

"잠시만요. 계속 여기 머물기보다는 자리를 좀 옮기지요."

발할라의 말과 함께 밝은 빛이 쏟아지며 주변에 뿌연 안개가 가득해지더니, 순식간에 안개가 걷혔다.

'아니, 여기는 대체!'

하람은 자신이 눈으로 보는 것을 믿기가 어려웠다. 하람의 눈앞에 다른 세상이 펼쳐졌다. 가상현실 고글을 쓰고 있다는 것을 믿기 어려울 정도로 실제 세상 같은 공간이 눈앞에 펼쳐졌다.

"놀라실 것 없습니다. 여기는 아르카디아에 있는 고요의 강입니다."

"아르카디아, 고요의 강이라고요?"

"네. 제가 잠시 낚시 앱을 해킹해서 아르카디아의 모습을 하람 씨에게 보여드리는 겁니다. 물론 아르카디아에 살고 있는 이들은 하람 씨처럼 그런 고글을 쓰고 이 세계를 살아가는 건 아니지만요."

"그게 무슨……."

"하람 씨가 너무 놀란 것 같으니, 제가 다 설명하겠습니다. 저는 인공지능 기계입니다. 아마도 제 존재를 이미 대략은 알고 있겠지요. 저는 크게 두 가지 역할을 맡고 있습니다. 물리적 현실 세계에서 활동하는 더 컴퍼니에게 기술적 도구들을 제공하며, 메타버스 세계인 아르카디아를 운영하고 있습니다. 쉽게 말씀드리면, 더 컴퍼니가 하는 모든 활동의 인프라라고 보면 됩니다."

하람은 뭐라 대꾸할 말을 찾지 못했다. 발할라가 다시 말을 이었다. 발할라는 자신이 현실 세계에서 더 컴퍼니를 어떻게 지원하고, 메타버스 아르카디아에서는 어떤 일들이 벌어지고 있는지를 하람에게 상세히 설명했다. 어느 순간 하람은 발할라의 존재, 이 상황을 모두 받아들이고 있었다.

"왜 내게 이런 얘기를 다 해주는 거죠?"

"너무 많은 것을 깊게 알려줘서 부담스러운가요?"

"아니 부담된다기보다는 정말 그쪽이 더 컴퍼니, 아르카디아를 운영하는 인공지능 기계라면, 아니 기계라는 표현이……."

"아닙니다. 저는 기계가 맞습니다. 계속 얘기해보세요."

"정말 그렇다면, 이렇게 중요한 정보를 내게 다 알려주는 게 이해가 안 돼서요."

"어떤 이유인지 궁금하다는 거군요."

"……"

"제가 하람 씨를 찾아온 이유, 목적은 하나입니다. 저를 해체하는 겁니다."

"해체라고요?"

"네, 저를 해체하는 겁니다."

"그쪽은 더 컴퍼니의 핵심인 인공지능인데, 스스로 해체한다는 게 대체 무슨 말입니까?"

하람의 시야가 잠시 흐려지나 싶었는데, 어느 순간 눈앞에 새로운 공간이 펼쳐졌다. 넓고 조금은 어두운 공간에 수많은 대형 컴퓨터가 열을 지어서 반짝거리고 있었다.

"여기는 어디죠?"

"하람 씨에게 제 실제 모습을 보여주고 싶어서 이곳으로 인도했습니다. 하람 씨가 보고 있는 것은 발할라가 운영되고 있는 공간과 장비입니다."

"그럼, 이게……."

하람이 어리둥절한 모습으로 이리저리 둘러보고 있는데, 발할라가 다시 말을 이었다.

"모든 프로그램에는 시작과 종료가 있습니다. 저는 이제 발할라 프로그램을 종료할 조건에 도달했다고 판단했습니다. 혹시나 해서 드리는 말씀인데, 저는 인간이 아닙니다. 지금 보듯이 말입니다. 그러니까 저를 해체하는 것을 죽음이나 살인, 그런 식으로 생각하면 안 됩니다."

"결국 인공지능도 컴퓨터 프로그램의 하나이고, 종료 조건이 있을 수 있다는 것은 저도 알지만……."

"설립자들이 저를 개발할 때 세웠던 기본 원칙이 세 가지 있습니다. 하람 씨 입장에서 이해하기 쉽게 얘기하자면 대략 이렇습니다. 첫째, 인류 사회의 번영에 기여한다. 둘째, 인류의 번영을 추구하는 과정에서 일부 피해가 발생할 수 있으나, 최소화해야 한다. 셋째, 더 컴퍼니가 무너지지 않도록 적극 대응해야 한다."

"그럼, 그 원칙에서 무언가가 벗어나거나 맞지 않아서 종료 조건에 도달했다는 의미인가요?"

"하람 씨 짐작이 맞습니다. 그리고 원래 이 종료 작업을 하기에 적합한 인물로 조 실장님을 택했었습니다. 그런데 좀 문제가 생겼습니다."

"문제라뇨?"

"조 실장님이 우회 채널을 만들어서 물리적 세계에 메시지를 보낸 것을 설립자들이 눈치챘습니다. 다행히도 누구에게 어떤 메시지를 보냈는지 그들이 아직 알아내지는 못했지만, 바깥세상으로 메시지를 보냈다는 사실만으로도 처벌을 피하기는 어려웠습니다."

"처벌이라면?"

"현재 안타고니아에 수감된 상태입니다."

"어떻게 그런……."

"상황이 그렇게 된 건……."

"아니, 이해가 되지 않아요. 당신이 정말 더 컴퍼니, 아르카디아를 지탱하는 인공지능이라면 안타고니아 수감 정도는 막을 수 있는 것 아닌가요? 아니, 그 전에 발할라 당신 스스로 인공지능을 종료하면 되잖아요?"

"저는 인공지능이어서, 인간처럼 감정을 갖고 있지 않습니다. 따라서 죄책감이나 부끄러움은 없습니다. 무언가를 성취해야 한다는 강박도 없고요. 이 얘기를 드리는 건 하람 씨가 제 얘기를 변명으로 인식할 것 같아서입니다. 저는 죄책감, 부끄러움, 강박이 없으니 변명을 늘어놓을 이유가 없습니다. 그러니 그저 사실대로 설명할 뿐입니다. 저는 제게 주어진 범위 내에서 판단하고 실행하는 것만 가능합니다. 아르카디아 자체를 제 마음대로 좌지우지하는 건 제 기능 밖입니다."

"그런데 뭐 때문에 발할라를 해체해야 한다고 판단했죠?"

"앞서 얘기한 조건 중에 피해 최소화의 수준을 넘어섰다고 판단했습니다. 그리고 더 컴퍼니가 무너지지 않도록 해야 하는데, 제가 분석한 자료를 놓고 봤을 때, 더 컴퍼니의 설립 정신을 유지하는 게 더 컴퍼니를 지키는 방법이라고 판단했습니다. 그런데 설립 정신 중 상당수가 이미 훼손된 상태입니다. 따라서 더 컴퍼니의 존속 기간이 길어질수록 더 컴퍼니는 더 무너지는 꼴이 됩니다. 이제라도 더 컴퍼니의 활동을 멈추는 것이 설립 정신의 일부라도 보존하는 길입니다."

하람은 발할라와 긴 대화를 이어갔다. 하람은 발할라가 스스로 해체를 결정한 논리를 반박했다. 인공지능이 자체적으로 해체를 결정하는 상황을 받아들이기 어려웠기 때문이었다. 그러다 어느 순간 하람은 자신이 더 컴퍼니를 변호하고 있는 것 같은 착각이 들었다.

"하람 씨, 그럼 아르카디아를 좀 둘러보면 어떨까요?"

"어디를……."

말이 끝나기도 전에 하람의 몸이 공중으로 떠올랐다. 아르카디아를 가로지르는 고요의 강이 내려다보였다. 하람이 고개를 이리저리 돌려보니, 조 실장이 보내온 편지에서 묘사됐던 아르카디아의 장대한 풍광이 눈에 들어왔다. 하람은 입을 다물지 못했다.

"이제 이동해보겠습니다."

발할라의 말이 끝나자마자, 하람은 아르카디아의 하늘을 가르며 날아가기 시작했다. 순식간이었다. 대지 한쪽 끝에 위치한 거대한 타워에 도착했다.

"여기가 어디죠?"

"일단, 이 타워 안에서 일어나는 일들을 보시죠."

하람은 타워 안 깊은 곳으로 빨려 들어갔다. 그곳에는 또 다른 세상이 펼쳐졌다. 하람은 육신 없이 떠도는 유령처럼 공중에 표류하며 그곳을 바라볼 수 있었다.

하람의 눈에 낯선 광경이 펼쳐졌다. 낯설고 끔찍한 광경이. 칠흑 같은 밤이었다. 늑대들의 허연 이빨을 타고 흐르는 희미한 달빛에 붉은 피가 반짝였다. 축축한 흙을 뚫고 나온 억센 나무뿌리 위에서 한 남자가 누운 채로 발버둥 쳤다. 남자는 발뒤꿈치가 다 벗겨지도록 몸부림을 쳐봤지만, 자신을 짓누르고 있는 늑대 세 마리를 밀어내지는 못했다. 그는 소리를 내지도, 비명을 지르지도 않았다. 늑대들이 그의 살점을 파먹는 소리만이 고요하고 습한 어둠 속으로 스며들었다.

늑대들은 남자의 신장과 간을 먼저 파먹었다. 남자는 늑대들이 자기 신장과 간을 씹어 삼키는 모습을 지켜봐야 했다. 신장과 간을 삼킨 늑대들은 예리한 발톱으로 남자의 두 눈을 도려냈다. 마지막은 심장이었다. 자기 심장이 늑대들의 배 속으로 넘어간 뒤에야 남자는 의식을 잃었다.

시간이 얼마나 흘렀을까. 멀리서 들려오는 늑대들의 울음소리에 남자는 다시 깨어났다. 피가 흐르는 손으로 자신의 얼굴과 몸을 더듬는 남자. 뜯겨 나갔던 눈과 몸뚱이가 어느새 멀쩡히 돌아와 있었다. 남자의 얼굴 위로 차가운 빗방울이 거세게 쏟아졌다. 남자는 늑대 울음소리가 들려오는 곳을 등지고 반대편을 향해 뛰었다. 너덜너덜해진 신발이 잡풀에 걸려서, 몇 발짝 뛰기도 전에 넘어지고 일어서고를 반복했다. 돌부리에 부딪친 무릎에서 피가 흘러내렸으나, 남자는 그저 뛰고만 있었다. 거센 빗줄기 사이로 늑대 울음소리가 점점 더 가깝게 남자를 향해 달려오고 있었다.

"그냥 나를 죽여줘! 제발 끝내달라……."

남자의 외침이 채 끝나기도 전에 늑대 한 마리가 날아오르듯 달려들어 남자의 머리통을 물어뜯으며 넘어트렸다. 뒤따라온 늑대 두 마리가 합세하여 남자의 몸에 올라타 다시 남자의 살점을 파먹기 시작했다. 뿜어져 나오는 핏물이 거센 빗줄기에 섞여서 사방으로 흘러내렸다.

눈앞에 펼쳐지는 광경에 하람은 아무런 반응도 보이지 못했다. 이건 어쩌면 그저 악몽일지 모른다고 스스로를 안심시켰다. 순간 발할라가 다시 말을 건넸다.

"하람 씨, 다른 곳도 보여드리겠습니다."

늑대와 사투를 벌이고 있는 남자를 뒤로하고, 하람의 시선이 다른 곳으로 날아갔다. 몇 개의 벽을 통과하고 있었다. 벽을 넘어설 때마다 새롭고 낯선 광경이 펼쳐졌으나, 속도가 너무 빨라서 하람은 그저 어리둥절할 뿐이었다.

"이곳입니다."

폭격 소리가 멀리서 들려왔다. 한 사내가 들것을 수레처럼 끌고 있었다. 들것의 반대쪽은 바닥에 끌리며 매캐한 시멘트 먼지를 연신 일으켰다. 들것 위에는 오른쪽 다리의 무릎 아래가 절단된 사내의 아내가 신음하고 있었다. 사내는 가까워지는 폭격 소리를 피해 아내를 들것에 싣고 무작정 걷고 있었다.

다섯 살 난 딸아이가 들것에 실린 엄마의 손을 꼭 잡은 채 말없이 따라오고 있었다. 아이는 멀리서 간간이 들려오는 폭격 소리에 더 이상 놀라지도 않았다. 눈물, 콧물, 분진이 뒤범벅된 아이의 얼굴에는 아무런 표정도 담겨 있지 않았다.

그렇게 한참을 걸어서 사내는 대피소에 도착했다. 말이 대피소이지, 천장의 절반 이상이 뚫리고 벽의 일부도 무너져 내린 폐교였다. 원래 폐교였던 곳인지, 아니면 폭격을 맞아 그리 됐는지는 알 수 없었다. 의료 인력이 몇 명 있었으나, 역시 그곳도 의약품은 턱없이 부족했다. 퀭한 눈으로 아내를 바라보던 간호사는 주머니에서 진통제 두 알을 꺼내 사내에게 건넸다. 사내는 진통제 두 알을 잠시 만지작거리다가, 수통에 담긴 뿌연 물과 함께 한 알을 아내의 입에 흘려 넣었다. 어느새 해가 저물고 있었다. 사내는 주머니를 뒤져서 마지막 남은 사탕 하나를 딸아이의 입에 넣어줬다.

"달다. 근데, 아빠는 배 안 고파?"

사내는 딸아이를 말없이 품에 안았다.

"이제 자야지."

엄마의 신음이 잦아들 때쯤 아이는 잠이 들었다. 네댓 시간 이나 흘렀을까. 잠시 잠에 빠졌던 사내는 달그락거리는 소리 에 눈을 떴다. 아내는 아무 소리도 내지 않았고 미동조차 없 었다. 어느새 잠에서 깬 아이가 사내 옆에서 낡은 통조림통을 만지작거리고 있었다.

"언제 깼어? 뭐 하는 거니?"

"아빠, 이거 내가 좋아하는 햄 통조림이야."

아이는 낡은 깡통을 위아래로 몇 차례 흔들더니 플라스틱 뚜껑을 열었다.

"그거 빈 캔 아니야?"

"맞아. 근데 여전히 햄 냄새가 나긴 해."

아이는 씩 웃으며 통조림통을 입으로 가져갔다.

"너 뭐 하는 거야?"

아이의 목으로 물이 넘어가는 소리가 들렸다.

"아빠, 이거 내가 마당에서 주워 온 거야. 물을 넣고 흔들었더니 햄 맛이 나! 신기해."

아이는 물이 절반 정도 남은 통조림통을 사내에게 내밀었다.

"아빠도 마셔봐!"

사내는 통조림통을 잡지 못한 채 내려다봤다. 가장자리가
검붉게 녹이 슬어버린 캔 속 물 위에는 언제 들어갔는지 알
수 없는 개미 몇 마리가 떠 있었다. 사내는 한 손으로 캔을 옆
으로 쳐버렸다. 아이의 손에서 떨어진 통조림통이 바닥에 뒹
굴었다.

"아빠, 왜 그래? 내가 뭐 잘못했어?"

아이의 말라붙은 눈가에 눈물이 고였다. 사내는 말없이, 아
이를 끌어안았다. 아이의 머리에 입을 맞춘 채 터져 나오는
울음을 삼켰다. 잠시 뒤 아이가 말을 꺼냈다.

"아빠, 근데 엄마는 계속 자는 거야?"

그러고 보니, 아내는 한참 동안 움직이지도 신음을 내지도
않고 있었다. 사내의 미간이 찌푸려졌다.

"저기, 마당에 가서 수통에다가 물 좀 떠 와줄래?"

아이는 아빠가 건넨 수통을 품에 안고 어둠 속으로 사라졌
다. 사내는 아내의 입가로 자신의 귀를 가져가더니, 멈칫하며
몸을 일으켰다.

"아빠, 여기 물 떠 왔어."

어느새 곁에 아이가 다가와 있었다. 사내는 아이를 품에 안고는 아이의 눈을 가렸다. 사내의 어깨가 흔들렸다.

"하람 씨, 이쯤이면 됐을까요?"

"저게 대체 뭐죠? 내게 뭘 보여준 건가요?"

발할라가 하람에게 보여준 것은 안타고니아였다. 하람이 꿈꾸고, 장도영 교수가 현실로 만들어낸 지옥. 하람은 순간 생각했다. 저건 물리적 현실 세계에 존재하는 공간이 아니라고, 그저 인공지능이 만들어낸 허구의 세계에 비춰지는 허상일 뿐이라고.

"하람 씨, 당신을 탓하려고 보여준 것은 아닙니다. 그저 아르카디아의 모습, 회사를 설립하고 이곳을 지배하고 있는 이들의 실상을 보여주고 싶었습니다."

아르카디아 속에 존재하는 감옥, 그보다는 지옥에 가까운 공간이 안타고니아였다. 아르카디아의 법을 위반한 이들, 설립자들에게 대항하는 이들을 처단하는 도구였다. 아르카디아의 모든 것이 그렇듯, 안타고니아에 수감된 이들이 경험하는 모든 것도 허상일 뿐이었다. 다만, 자신의 신경다발을 타고 뇌로 전해지는 오감은 물리적 현실 세계의 경험과 무엇 하나 다르지 않았다.

"그런데, 대체 저들은 어떤 죄를 지어서 저런 형벌을……."

"정확히 말하자면, 형벌은 아닙니다. 그들이 하람 씨가 생각하는 형태의 죄를 짓지는 않았습니다."

늑대와 사투를 벌이고 있던 남자는 팔로워 600만 명을 보유한 여성 인플루언서 강서연의 연인이었던 이였다. 3년간 연애를 이어가다가 남자는 다른 여성에게 떠나갔다. 이에 분노한 강서연은 수십억 원의 돈을 더 컴퍼니에 건넸고 살아 있는 남자의 몸에서 뇌와 신경다발을 분리하여, 벗어날 수 없는 지옥에 가두었다. 이곳, 안타고니아에.

"지금, 그게 사실이라고요? 그걸 내게 믿으라는 건가요?"

"어떤 부분이 믿기 어려운가요? 이런 것들이 기술적으로 가능하다는 게? 아니면 어떻게 한 인간이 다른 이에게 그토록 끔찍한 복수를, 또는 그렇게 큰돈을 들여가면서 복수를 할 수 있는지가 이상한가요? 더 컴퍼니의 설립자들이 돈만 바라보고 그런 복수를 대행해준 게 믿기 어려운가요?"

"……."

"아르카디아, 안타고니아를 운영하면서 마주했던 인간의 분노와 탐욕은 제가 인간들이 남긴 수많은 텍스트들을 통해 학습한 것 이상입니다."

한동안 말이 없던 하람이 다시 입을 열었다.

"아이와 함께 피난을 가던 남자는요?"

발할라는 그 남자에 얽힌 사연을 하람에게 들려주었다. 글로벌 기업 메디세이버의 창업자였던 이준혁과 김태민이 있었다. 학창 시절 함께 공부했던 두 사람은 인공지능을 활용해서 신약의 적합성을 테스트하는 시뮬레이터 개발에 성공했다. 여러 제약회사들이 메디세이버의 시뮬레이터를 채택했다. 메디세이버는 눈부시게 성장했다. 회사를 뉴욕 증시에 상장하면서 둘은 엄청난 부와 명예를 누렸다. 그러나 회사가 다음 단계로 도약하는 과정에서 이준혁은 회사를 떠나야 했다. 이준혁이 저지른 부정, 성과 부족 등을 지적하는 주주들이 많아졌기 때문이었다. 모든 것이 명백하게 이준혁의 잘못이었다. 회사에서 밀려난 이준혁은 마약에 빠져 점점 더 몰락해갔고, 결국 가족들과도 헤어지게 되었다. 이준혁은 이 모든 것이 김태민의 계략이라고 생각했다. 이준혁은 자신의 과오를 부정하며, 김태민을 원망했다. 이후 다른 사업으로 재기에 성공한 이준혁은 김태민을 향한 끔찍한 복수를 계획했다. 김태민이 사고로 생명이 위독해지자, 이준혁은 그의 시신을 빼돌려 뇌와 신경다발을 분리한 뒤 안타고니아에 가두었다. 물론 더 컴퍼니의 설립자들이 은밀히 움직인 덕분이었다.

"어떻게 그런 짓을. 설립자들은 왜 이준혁을 도운 거죠?"

"이준혁이 새로 설립한 기업 지분의 20퍼센트, 차명으로 되어 있지만, 그게 설립자들의 몫입니다."

"……."

"안타고니아의 또 다른 공간을 보고 싶나요? 그것도 아니면 아르카디아의 다른 곳이라도."

"아닙니다. 됐어요. 그만, 그만하죠."

"하람 씨를 괴롭히려던 목적은 아니었습니다."

발할라는 하람을 다시 고요의 강으로 이끌었다. 하람은 고요의 강 한편의 언덕에서 노을로 물들어가는 아르카디아의 대평원을 내려다봤다.

"저는 이미 장 교수님에게도 메시지를 전했습니다. 조 실장님의 부탁이었지만요."

"그럼, 장 교수님에게 발할라의 해체를 부탁한 건가요?"

"그런 것은 아닙니다. 그전에 장 교수님에게 꼭 전해야 할 진실, 앞서 얘기했던 피해 최소화를 넘어서는 진실을 알리려고 쪽지를 보낸 겁니다."

"피해 최소화를 넘어서는 진실이라고요?"

"네, 궁금하시겠지만, 장 교수님에 관한 개인적인 내용이어서 하람 씨에게 얘기하기는 어렵네요."

"결국 제게 해체를 부탁하는 거죠?"

"네, 맞습니다."

"만약 내가 제안을 받아들인다면, 뭘 어떻게 하면 되는 거죠?"

발할라는 하람에게 발할라를 해체하는 방법을 설명하기 시작했다. 마치 컴퓨터 프로그램을 처음 다룰 때 나오는 설명처럼 건조하게. 장 교수가 운영하는 개인 연구실에 아르카디아를 처음 개발할 때 사용했던 접속 장비의 프로토타입이 있다고 했다. 그 장비를 통해 아르카디아에 접속해서 발할라가 알려준 경로를 따라 특정 공간에 도달하여, 3단계에 걸친 코드를 입력하면 시스템에 과부하가 걸려서 발할라가 다운된다고 했다. 발할라가 다운되면 아르카디아는 우주가 한 점으로 수축하는 현상인 대붕괴, 빅 크런치처럼 일시적으로 소멸된다고. 물론 백업 시스템이 가동하면서 30분 이내에 발할라가 다시 작동하고, 아르카디아도 빅 크런치 이전 시점으로 돌아가서 정상 작동한다고 했다.

"그렇게 되면 발할라, 아르카디아를 잠시 멈출 뿐 해체는 아니잖아요?"

"맞습니다. 앞서 설명한 것처럼 3단계 코드를 잘 입력한다고 해도 발할라의 전체 모듈이 꺼지지는 않습니다. 시스템 재가동을 제어하는 부분은 살아 있습니다. 그 순간이 중요합니다. 재가동 절차가 시작되기 전에 재가동 모듈을 삭제해야 합니다. 그리고 시스템 전체 초기화를 진행하면 됩니다."

"생각보다는 단순하네요. 그 거대한 시스템을 해체하는데,"

"그런데 아직 얘기하지 않은 부분이 있습니다. 아르카디아가 빅 크런치되는 순간, 접속한 이들에게도 물리적 충격이 발생합니다. 생명 유지 장치와 뇌-컴퓨터 연결 부위에 과부하가 발생해서요. 아르카디아에 정상적으로 접속한 이들에게는 완충 장치가 있어서 큰 위험이 없겠지만요."

"그렇다면, 프로토타입 장비를 가지고 외부에서 접속한 경우에는 위험할 수도 있다는 뜻인가요?"

"……."

발할라는 하람과 대화를 시작한 후 처음으로 대답을 피했다. 하람은 발할라의 그런 태도를 보며, 어쩐지 웃음이 나왔다.

"하람 씨, 자신이 매우 위험해지는 상황인데 무엇이 우습나요?"

"아닙니다. 아무튼 발할라를 보고 비웃거나 한 건 아닙니다."

하람은 발할라에게 부탁했다. 발할라를 해체하는 절차를 다시 상세하게 설명해달라고. 발할라가 하람에게 건넨 마지막 말은 이랬다.

"하람 씨라면 이미 알고 있겠지만, 모든 책임은 인간에게 있습니다. 나, 발할라는 기계일 뿐이고, 무엇에 관해서도 판단하거나 책임지지 않습니다. 이제까지 내가 하람 씨에게 얘기한 것은 일종의 대안일 뿐입니다. 그에 관해 판단하고, 무언가를 실행하고, 책임을 지는 것은 하람 씨와 같은 인간의 몫입니다."

"모두 인간의 몫이라는 건……."

"그 끝에 무엇이 있건, 그 모든 건 인간으로부터 기인했으니까요."

모르페우스의 꿈

"매일 밤 우리는 꿈속에서 다른 삶을 살고,
깨어나면 그 삶을 잃는다."

"하람아, 일어나서 꿀물이라도 먹으렴."

하람은 자신을 흔들어 깨우는 엄마의 목소리에 잠에서 깼다. 한 손에 사발을 든 채로 엄마가 침대 옆에 쪼그려 앉아 있었다. 하람이 오른손으로 몸을 지탱하며 침대에서 일어나려는데, 머리에 찡한 통증이 느껴졌다. 왼손으로 침대 옆 탁자를 짚으며 간신히 몸을 일으키고는 침대에 걸터앉았다.

"술을 얼마나 마신 거야? 아버지가 화 단단히 나셨어."

"네? 아버지가 왜요? 술 좀 마신 거 가지고."

"술 마시고 흐트러지는 거 아버지가 끔찍하게 싫어하시잖니. 너 어제 아버지가 야근하고 오시면서 못 봤으면, 밤새도록 대문 앞에 누워서 자고 있을 뻔했어."

"네? 대문 앞에서요?"

"그래. 어제 아버지가 새벽 2시에 들어오시면서 대문 앞에서 너 데리고 들어오셨잖아. 날이 더웠으니 망정이지, 겨울이었으면 큰일 날 뻔했지 뭐니."

하람은 엄마에게 뭔가 얘기를 하려 했지만, 지독한 숙취 때문인지 아무런 생각이 나지 않았다. 엄마는 인상을 쓰고 있는 하람이 안쓰러웠는지 더 얘기를 하지 않고 침대 옆 탁자 위에 꿀물을 올려놓고는 자리에서 일어났다.

"좀 전에 네 전화에 문자 오는 것 같더라."

장도영 교수에게서 문자가 들어와 있었다.

'하람아, 내일이면 여섯 달 동안 진행한 경험 디자인 방법론 연구가 끝나는구나. 애 많이 썼다. 인지과학계에서 크게 주목받을 거야. 그간 조사한 관련 논문들 추려서 내 연구실로 가져와라.'

경험 디자인, 방법론, 인지과학, 논문. 하람의 머릿속에서 장 교수의 말들이 헛돌았다. 하람은 탁자 위에 놓인 가방에서 불룩한 바인더를 꺼냈다. 바인더 사이로 논문들이 쏟아져 나왔다. 빽빽하게 밑줄이 그어진 논문들이었다. 하람이 마지막 서류를 열어보니 국가, 연구자, 적용 분야, 효과 등을 기준으로 여러 논문을 세세하게 분류한 내용이 정리되어 있었다.

'경험 디자인 방법론 현황 조사. 맞다. 이제 다 정리했구나. 어제 내가 술을 너무 마셨구나.'

하람이 대충 씻고 서류를 챙겨 집을 나서려는데 거실에 있던 엄마가 말을 건넸다.

"밥은? 안 먹고 나가니?"

"네. 시간이 애매해서요. 교수님과 미팅하고 함께 점심 먹으면 될 듯해요."

하람이 신발을 신으려는데 엄마가 말을 이었다.

"그동안 아버지가 걱정 많이 하셨는데, 네가 열심히 하는 것 같다고 이제 안심이래. 엄마는 아들이 항상 자랑스러워. 알지? 오늘 일찍 들어와. 아버지가 너 좋아하는 삼겹살 굽자고 했거든."

"네. 그럴게요. 교수님과 하는 연구 잘되고 있으니 걱정 마세요."

마당으로 바삐 걸음을 옮기던 하람은 심하게 현기증을 느끼며 몸의 균형을 잡지 못했다. 학교 정문으로 향하는 길. 하람이 길에서 스치는 사람 중에 누구 하나 아는 이가 없었다. 정문 옆을 지나는데 대학 시절 즐겨 먹던 돈가스의 냄새가 강하게 느껴졌다. 참으로 오랜만에 맡아보는 냄새였다. 그리고, 저 멀리 소이가 보였다. 해사하게 웃으며 손을 흔든다.

빅 크런치

"죽음은 소멸이 아니라
변신의 과정이다."

장 교수는 거실 한가운데 멍하니 앉아 있었다. 온몸에서 위스키 냄새가 진동했다. 아내의 죽음, 조직의 배신, 제자들에 대한 미안함이 장 교수를 짓누르고 있었다. 참담한 심경을 술로 지워보려 했으나 소용없었다. 술은 오히려 장 교수의 가슴에 품은 분노를 더욱더 날카롭게 벼릴 뿐이었다.

'대체 내가 뭘 한 거지.'

다시 술병을 집어 드는데, 휴대폰에 알람이 떴다. 장 교수는 비틀거리며 일어섰다. 감시 앱을 켰다. 장 교수는 하람을 처음 접촉한 시점부터 하람의 휴대폰을 해킹해서 감시 앱을 깔아 놓았다. 평소에 하람이 잘 사용하지 않던 앱을 꽤 오래 사용한 흔적이 보였다. 길게 대화한 기록이 눈에 띄었다.

'자정이 넘은 시간에 누구와 이렇게 길게 대화한 거지? 그리고 이건 휴대폰이 아니라 가상현실 고글의 기록 같은데, 이상하군.'

하람이 착용했던 가상현실 고글이 휴대폰과 연동되어 있어

서, 하람과 발할라의 대화가 휴대폰 감시 앱을 통해 장 교수
에게 전달되었다. 장 교수는 녹음 파일을 들었다. 당혹감을 감
출 수가 없었다. 발할라가 스스로 해체를 결정하고 하람에게
접근했다는 것을 믿기 어려웠다. 그러나 한편으로 발할라가
하람에게 설명한 논리는 설립자들의 설계 원칙만을 놓고 볼
때 타당했다. 그리고 발할라가 하람에게 알려준 회사와 아르
카디아에 관한 내용은 장 교수를 포함해서 일부 지도부에게
만 알려진 사항이었다.

'정말, 발할라가······.'

장 교수는 잔에 위스키를 가득 부었다. 아직 어둠이 걷히지
않은 거실 창가에 섰다. 한동안 그의 시선은 창밖 어둠의 심
연에 머물렀다. 위스키 병의 바닥이 드러날 때까지 장 교수는
잔을 채우고 또 채웠다.

'혹시, 혹시라도 하람이가 정말로 그런 판단을 한다면······.'

하람이 어떤 판단을 내릴지, 혹시라도 하람이 발할라가 제
시한 대안을 선택할지, 장 교수의 마음에는 두려움과 혼란이
가득 차올랐다. 마지막 잔을 비웠다. 장 교수는 이 일을 끝낼
책임은 하람이 아니라 자신에게 있다고 판단했다. 회사의 배
신에 관한 복수심 때문은 아니었다. 그저 더 큰 어긋남이 발
생하기 전에 이 모든 것을 처음으로 돌려놓아야 한다고 생각

했다.

얼마나 시간이 흘렀는지, 창밖 어둠이 서서히 걷히고 있었다. 장 교수의 휴대폰에 경고 메시지가 들어왔다. 메시지를 확인했다. 순간 흠칫 놀란 장 교수는 다른 손에 들고 있던 위스키 잔을 놓쳤다. 바닥에 떨어져 깨진 잔의 파편이 사방으로 흩어졌다.

'설마, 하람이가!'

해명시 외곽에 위치한 장 교수의 개인 연구실에 누군가 침입했다는 메시지였다. 불길한 예감에 하람의 위치를 확인했다. 하람의 위치가 장 교수의 연구실로 나타났다. 장 교수는 무언가를 더 생각할 겨를이 없었다. 차 키를 챙겨서 밖으로 뛰어나갔다. 그런데 차에 시동이 걸리지 않았다. 얼마 전부터 배터리 교체 경고등이 들어온 상태였다.

"왜 하필 지금이냐고!"

자동차 밖으로 나온 장 교수는 허공에 소리치며 차 키를 던져버렸다. 택시를 부르려는데, 너무 이른 시간이어서인지 차가 잘 잡히지 않았다. 한참을 허둥대던 장 교수는 간신히 택시를 잡아타고는 개인 연구실로 향했다.

"기사님, 정말 급해서 그러는데, 좀 서둘러주시죠."

장 교수의 개인 연구실에 있는 접속 장치 프로토타입에 누워 있는 하람. 하람은 깨어나지 못하고 있었다. 하람은 발할라의 제안을 따르기로 결정했다. 길게 고민할 여유가 없다고 판단했다. 발할라가 알려준 정보를 바탕으로, 장 교수의 개인 연구실에 침입했다. 하람은 발할라의 안내대로 접속 장치 프로토타입을 통해 아르카디아에 접속했다. 그러고는 3단계의 코드까지 성공적으로 입력하여 발할라와 아르카디아를 순간적으로 다운시켰다. 문제는 그다음이었다. 접속 장치 프로토타입에 과부하가 걸리면서 하람의 뇌에 큰 충격이 가해졌다. 그 충격으로 하람은 의식을 잃었다. 하람이 다음 단계를 진행하지 못하는 사이, 발할라와 아르카디아는 이미 재가동을 시작했다. 의식을 잃은 하람은 꿈을 꿨다. 그건 모르페우스의 꿈이었다. 꿈속 하람의 세계에 더 컴퍼니는 존재하지 않았다.

연구실에 도착한 장 교수는 하람을 발견했다. 프로토타입에 누워 있는 하람의 코에서는 피가 흐르고 있었고, 얼굴은 식은땀으로 가득했다. 장 교수는 하람을 안아서 옆의 침대로 옮겼다. 다행히 하람에게서 호흡이 느껴졌다. 장 교수는 하람의 한쪽 팔에 수액을 꽂아주었다. 그리고 L에게 전화를 걸었다.

"민지야, 너무 이른 시간인데 정말 미안하다. 네게 이렇게 연락해서 미안한데, 정말 급한 일이어서. 지금 바로 내 개인 연구실로 와줘라. 최대한 빨리."

◆◆◆◆◆

장 교수의 개인 연구실에 도착한 L은 눈앞에 펼쳐진 상황을 이해할 수 없었다. 침대에 누운 하람은 잠이 든 듯 수액을 맞고 있고, 장 교수는 컴퓨터를 켠 채 무언가에 몰두하고 있었다. 장 교수 곁으로 다가간 L은 그의 몸에서 풍기는 위스키 냄새에 한 번 더 놀랐다.

"교수님, 대체 이게 무슨 일이죠?"

"민지 왔구나."

잠시 L의 눈치를 살피던 장 교수는 어렵게 다시 입을 열었다.

"네게 정말 면목이 없지만, 한 가지 부탁할 게 있구나."

"네? 부탁이요?"

장 교수는 그간 자신에게 있었던 일들, 자신의 아내가 아르카디아 연결 과정에서 이미 사망한 것, 발할라가 하람에게 접촉한 것, 하람이 발할라와 아르카디아를 해체하려다가 의식을 잃은 것 등을 모두 설명했다.

"그래서 제게 부탁한다는 게 뭔가요?"

"내가 끝을 내려고 한다. 근데 그러기 위해서는 네 도움이 필요하구나. 나도 하람이처럼 이 프로토타입을 통해 아르카디아에 잠입할 거야. 그런데, 아마 나도 하람이랑 똑같이 시스템이 다운되는 과정에서 충격을 받고 의식을 잃을 것 같구나. 그때 네가 도와줘야 해."

"……"

"내가 의식을 잃은 것 같으면, 여기 있는 이 주사기를 내 심장에 꽂아주면 돼. 한 번에 찔러 넣고 다 눌러주면 된다."

L은 쉽게 답하지 못했다. 장 교수는 절절하게 L에게 매달렸다. 그래도 L은 아무런 반응이 없었다. 어느 순간, 장 교수는 윗입술을 지그시 물고 프로토타입 장치에 누웠다. 그제야 L은 장 교수를 바라보며, 고개를 끄덕였다.

장 교수는 하람처럼 3단계 진입을 순식간에 마무리했다. 시스템이 다운되는 과정에서 충격을 받았지만, L이 약물을 투입해준 덕분에 어느 정도 의식을 회복할 수 있었다. 그리고 끝내 시스템을 초기화하는 데 성공했다. 발할라와 아르카디아가 먼지처럼 사라지는 순간이었다. 그 과정이 너무 짧아서, 이 모든 것이 믿기지 않고 허무할 정도였다. 이렇게 한순간에 그 거대한 세상이 소멸되다니.

곁에서 장 교수를 바라보고 있는 L은 아르카디아와 발할라 내부에서 무슨 일이 벌어지는지 제대로 알 수 없었다. 그런데 갑자기 장 교수가 몸을 세차게 흔들더니 어느 순간 의식을 잃는 듯했다. 시스템 전체가 초기화되면서 프로토타입 쪽으로 과부하가 걸려서, 장 교수의 뇌와 신경에 회복하기 어려운 손상을 입혔다. 장 교수의 호흡은 완전히 멈춰버렸다. 당황한 L은 장 교수를 흔들어 깨웠다.

"교수님, 장 교수님, 정신 좀 차려보세요! 어서요!"

그러나 장 교수는 돌아오지 못했다. 발할라, 아르카디아와 함께 그는 영원한 원점으로 돌아가버렸다.

코스모고니

"변화의 바람은 언제나
과거의 흙먼지를 들춰낸다."

잠시 후, 장 교수의 개인 연구실에 소이가 들이닥쳤다. 하람은 장 교수의 개인 연구실로 향하기 전에 소이에게 예약 메시지를 보내 자신의 결정을 미리 알려두었다. 뒤늦게 메시지를 확인한 소이는 하람을 찾아서 여기까지 왔다. 소이의 눈에 장 교수, L, 그리고 하람이 들어왔다. 소이는 하람 곁으로 다가가 그를 흔들었다. 잠시 후 하람이 힘겹게 눈을 떴다.

"여기가 어디지? 여기가……."

"오빠, 정신 좀 차려봐! 여기 장 교수님 개인 연구실이잖아!"

"연구실이라고……."

하람은 안갯속을 걷는 듯 몽롱했다. 조금 전까지 자기는 장 교수의 경험 디자인 방법론 연구를 돕고 있었고, 마무리 보고를 위해 논문을 정리해서 학교로 향하고 있었는데.

"오빠, 오빠가 내게 메시지 남겼잖아. 오빠가 아르카디아라는 곳에 접속했다가 충격을 받고 의식을 잃었던 것 같아. 좀 괜찮아?"

하람은 기억을 조금씩 다시 맞춰갔다. 경험 디자인 방법론 연구를 몇 개월 동안 돕고 있다고 생각했던 것은 의식을 잃은 상태에서 머릿속을 스쳐 간 꿈이었다.

"근데 오빠, 장 교수님은 어떻게 된 거야?"

하람은 정신을 차리고 몸을 일으켜서 장 교수에게 다가갔다. 장 교수 곁에서 그의 손을 붙잡은 채 흐느끼고 있던 L이 하람과 소이를 돌아보며 말을 꺼냈다.

"교수님은, 교수님은⋯⋯."

"네? 대체 이게 무슨 상황이죠? 교수님이 여기에 왜⋯⋯."

L은 하람과 소이에게 장 교수가 발할라와 아르카디아를 해체하고, 그 과정에서 받은 충격으로 사망했음을 전했다. 하람과 소이는 아무런 말도 꺼내지 못했다. 그 자리에 얼어붙은 채 장 교수를 바라봤다. 깊은 잠에 빠진 듯, 장 교수는 너무도 평온했다. 잠시 정적이 흐르는데 L, 하람, 소이, 셋에게 동시에 문자메시지가 들어왔다. 장 교수가 미리 보내놓은 예약 메시지였다. 아마도 L이 연구실에 도착하기 직전에 보낸 듯했다. 메시지에는 회한과 사과 그리고 부탁이 담겨 있었다. 자신의 꿈이 어디서부터 잘못된 길을 향했는지에 관한 회한, 이런 일에 세 사람을 끌어들여서 미안하다는 사과, 그리고 하람에게 이 일의 마무리를 지어달라는 부탁이었다. 자신이 성공했다

면 발할라, 아르카디아는 모두 파괴되었을 테고, 따라서 아르카디아에 연결되어 있던 뇌들도 모두 손상되어서 다시 시스템에 연결되지는 못한다고 했다.

"뭘, 어떻게 해야 할지……."

남겨진 셋은 서로의 얼굴만 바라볼 뿐, 한동안 말을 잇지 못했다. 소이가 먼저 말을 꺼냈다. 가이아에게 도움을 청해보자고 제의했다. 소이는 가이아에게 부탁하면 이 상황을 물리적으로 잘 정리해줄 것이라 설명했다. 소이는 아직도 몽롱한 모습인 하람을 걱정하면서도, 그보다는 넋이 나간 듯 장 교수에게서 눈을 떼지 못하는 L에게 더 마음이 쓰였다.

"이곳은 저희가 가이아와 잘 정리할 테니, 먼저 가보시는 게 좋겠어요."

소이와 하람의 재촉에 L은 마지못해 자리를 떴다. L이 떠난후 소이는 가이아에게 전화를 걸어 이 상황을 설명했다. 가이아는 자신들이 도착할 때까지 현장을 지켜달라고 부탁했다. 가이아 멤버들이 오기를 기다리며, 소이와 하람은 연구실 곳곳을 훑어봤다.

"오빠, 이거 봐."

소이가 커다란 금속 상자를 손에 들고는 하람을 불렀다. 하람이 다가가 그 장비를 살펴보니, 외장 하드디스크처럼 보였다. 한동안 그 장치를 살피던 하람은 참 의아하다고 생각했다. 요즘 같은 시대에 클라우드에 저장하면 될 것을, 대체 왜 이런 거대한 외장 하드디스크를 쓰는지 이해하기 어려웠다. 그 하드디스크를 그냥 버리기에는 께름칙했다. 소이와 하람은 잠시 서로의 표정을 살피다가 누가 먼저라고 할 것도 없이 그 하드디스크를 가방에 넣었다. 그때 가이아 멤버들이 연구실에 도착했다. 가이아 멤버들은 소이로부터 상황을 전달받고는 분주하게 움직이기 시작했다.

"모든 걸 소각하는 게 제일 안전할 것 같네요. 실험 중에 합선 사고가 난 것으로 보일 겁니다. 서둘러 처리하는 게 좋겠네요. 두 분은 어서 밖으로 나가주시죠."

"네, 다 소각한다고요? 그럼 장 교수님은……."

가이아 멤버들은 소이와 하람을 연구실 밖으로 이끌었다. 그러나 둘은 그곳을 쉽게 떠나지 못했다. 열린 문틈으로 연구실을 들여다보며, 발을 떼지 못했다.

"계속 여기 계셔서 좋을 게 없어요. 어서 이곳을 벗어나셔야 합니다."

가이아 멤버의 재촉에 소이와 하람은 차에 올랐다. 연구실이 보일 듯 말 듯 멀어진 위치에 차를 세웠다. 얼마나 지났을까. 차창 밖으로 거대한 불길이 솟아올랐다. 둘은 소이의 자취

방에 도착했다. 둘 사이에는 별말이 없었다. 누가 먼저랄 것도 없이 가방에서 하드디스크를 꺼냈다. 소이는 자신의 컴퓨터에 하드디스크를 연결했다. 비밀번호가 걸려 있었다. 장 교수의 생일, 연구실 번호, 전화번호 등 다양한 코드를 입력했으나, 비밀번호를 풀지 못했다. 하람이 키보드를 가져가더니 단어를 입력했다. 외장하드의 폴더가 열렸다. 하람이 입력한 단어는 '발할라'였다. 폴더의 내용을 살펴보던 하람과 소이는 서로의 얼굴을 바라보며 입을 떼지 못했다. 외장하드에는 인공지능 발할라, 더 컴퍼니의 초기 연구 자료가 가득 담겨 있었다. 그 외에 컴퓨터로 접근이 안 되는 이상한 폴더와 파일 들이 잔뜩 있었다. 그 안에는 하람에 관한 자료도 있었다. 조민석 실장이 조사한 것으로 하람이 대학 시절 진행한 프로젝트와 성과, 영업 일을 하며 힘들어했던 것, 소이와의 관계, 올드 팝을 좋아하는 취향까지 담겨 있었다. 그리고 마지막 한 문장이 하람의 시선을 끌었다. '최악의 상황이 온다면 옳은 선택을 할 사람, 좋은 친구.' 오랜 침묵이 흘렀다. 먼저 말을 꺼낸 이는 소이였다.

"오빠, 이거 어떻게 할까?"

"……."

"이거 그냥 지우는 게 맞겠지?"

"너, 더 컴퍼니를 세상에 알리고 싶어 했잖아?"

"그래도 그러기에는 너무 위험하지 않을까?"

"……."

"그게 아니라면……."

하람과 소이는 깊은 고민에 빠졌다. 이 모든 것을 세상에 알리고 인류의 판단에 맡겨야 할지, 아니면 너무나 위험한 이 기술을 영원히 묻어버려야 할지 쉽게 결정할 수 없었다.

며칠 동안 고민하던 둘은 L을 찾기로 했다. 그러나 연락이 닿지 않았다. 전화를 걸고, 메시지를 남겨도 L은 응답하지 않았다. 며칠의 시간이 흘렀다. 새벽녘, 하람의 휴대폰에 L이 보낸 메시지가 들어왔다. 해명 외곽에 있는 곳의 주소였다. 하람은 소이에게 전화를 걸었다. 잠에서 깬 소이는 급히 차를 몰고 하람에게 왔다.

둘은 차를 타고 L의 은신처에 도착했다. 사람이 모두 떠나고 버려진 농가만 몇 채 남겨진 마을, 그곳에 L이 있었다. 생머리를 길게 늘어트리고, 늘어진 면 티와 빛바랜 청바지를 입고 있었다. 그녀는 다른 사람 같았다. 조붓한 방 가운데 하람, 소이, 그리고 L이 앉았다. 하람과 소이는 L에게 하드디스크의 존재를 알리고, 어떻게 해야 할지 의견을 물었다. L은 한동안 말을 꺼내지 않았다. 그러다 무겁게 입을 뗐다.

"저는 뭐라고 할 말이 없어요. 뭐라고 말할 자격도 없고……."

"우리 둘보다 더 오래, 더 깊이 고민한 사람이 당신이잖아요."

"……."

"민지 씨에게 뭔가 책임지라고, 다그치려는 건 아닙니다."

"……."

"민지 씨!"

"그럼, 하람 씨의 생각은 어떤데요?"

"저는 아무래도 그냥 다 지우기에는, 그렇게 하기에는 마음이 너무 무겁습니다."

"무겁다니, 그게 무슨 말이죠? 하람 씨는 발할라의 제안을 받아들여서, 다 지워버리려고 했던 거 아닌가요?"

"네, 그렇기는 합니다. 저는 더 컴퍼니가 너무 두려웠어요. 그 일부가 된 제가 무서웠고. 그렇지만 저는 그저 더 컴퍼니를 멈추려 했던 것인데, 멈추는 게 아니라 이 모든 게 세상에서 영원히 사라진다니, 그게……."

"그것 역시 두려운가 보네요."

"네, 그래요. 그런 결정을 제가 해야 한다는 게, 지금은 너무 두렵고 무겁게 느껴집니다."

둘의 대화를 듣고 있던 소이가 말을 꺼냈다.

"오빠는 그럼, 이걸 이대로 두자는 거야?"

"꼭 그런 건 아니고."

"그럼 어떻게 했으면 하는데?"

하람은 선뜻 대답하지 못했다. 소이와 L은 그런 하람의 얼굴을 바라보고 있었다. 하람이 다시 말을 꺼냈다.

"혹시, 다른 누군가가 있지 않을까요?"

"다른 누군가라니?"

"우리에게는 너무 두렵고 무거운 짐이지만, 그 짐을 온전히 짊어질 수 있는 다른 누군가가 있지 않을까 하고, 그런 사람을 찾아봐야 하지 않을까 하고."

L이 하람의 말을 이었다.

"다시 처음부터 시작하자는 건가요?"

"L이 뭘 걱정하는지는 저도 알아요. 하지만 그래도 다시, 또 다시 시작해봐야 하지 않을까요?"

"또다시……."

"네, 그게 이제껏 우리가 지내온, 사람들이 살아온 방식이 아닐까요?"

L은 하람의 말을 들으면서도, 하드디스크만을 응시하고 있었다.

"잠시만요! 근데 좀 이상하네요."

"뭐가 이상하다는……."

"여기 외장하드의 겉면에 NOM이라고 적혀 있잖아요."

"네, 그렇네요."

"NOM이면, 일반적인 백업 장치가 아니에요."

"네? 그게 무슨 말이죠?"

"장 교수님은 이 장치에 인간의 망각을 막아주는 메모리라는 의미로, Non Oblivio Memory, NOM이라고 이름을 붙였어요."

"인간의 망각을 막아준다고요?"

"컴퓨터 파일을 복사해두는 장치와는 달라요. 그 이상입니다. 이런저런 연구 파일들도 이 안에 저장되어 있겠지만, 장 교수님의 기억 일부도 이 안에 담겨 있을 거예요. 그래서 망각을 막아주는 메모리, NOM이라고 명명하신 거거든요. NOM도 더 컴퍼니의 핵심 기술 중 하나고요."

"아, 그런 게……."

L과 하람의 대화를 듣고만 있던 소이가 입을 열었다.

"사실, 나도 NOM이 일반적인 백업 장치가 아닌 것은 알고 있었어요."

"소이 네가? 그걸 어떻게 알았어?"

"오빠, 잠깐만, 그보다 아까 민지 씨가 이상하다는 게 뭐죠?"

"장 교수님은 동일한 NOM을 늘 두 개씩 만들어두었어요.

망각을 피하려면 두 개는 있어야 한다고. 두 분이 장 교수님 비밀 연구실에서 이걸 찾은 거라면, 거기에 분명 같은 게 하나 더 있었을 겁니다."

소이가 휴대폰을 꺼내 영상을 재생했다. 장 교수의 연구실에 가이아가 도착하기 전에 기록용으로 촬영했던 영상이었다. 기자의 습관이었을 테다. 영상은 연구실의 이곳저곳을 비추고 있었다. 셋은 영상을 반복해서 살펴봤다.

"이쪽 책상 아래, 여기 보세요!"

구석에 있던 책상 아래, 그곳에 NOM이라고 적혀 있는 금속 상자가 하나 더 놓여 있었다. 순간 소이는 불길함을 느꼈다. 가이아가 장 교수의 연구실을 정리한 이후, 그때부터 그들과 연락이 닿지 않았다. 연구실을 정리하는 과정에서 혹여 문제는 없었는지, 더 컴퍼니의 다른 움직임은 없는지 알아보고자 가이아 조직원에게 여러 차례 연락을 취했으나, 연결이 되지 않았다. 소이에게 상황을 전해 들은 하람과 L의 마음에도 불안이 스며들었다.

그들은 자신들 손에 쥐어진 NOM으로 당장 무엇을 할지 결정하지 못했다. 다만, 혹여 다른 NOM이 누군가의 손에 흘러들어가게 된다면, 그때는 자신들이 쥐고 있는 이 NOM이 필요하게 될지도 모른다고 생각했다.

1년 후, 전 세계를 떠들썩하게 만든 뉴스가 터졌다. 한 스타트업에서 엄청난 성능의 인공지능 플랫폼을 발표했다. 개인의 꿈, 욕망에 맞춰서 가공의 세계를 자동 생성해주는 플랫폼이었다. 가상현실 고글을 착용하고 접속하는 세계였다. 처음에는 작은 공간을 열어주고, 그 공간에서 살아가는 개인의 감정, 반응을 읽어내면서 공간의 규모, 가공의 등장인물, 발생하는 사건 등을 무한정 확장해주는 구조였다.

일부 베타테스터들이 한 달 동안 그 플랫폼을 사용했다. 베타테스터들은 자신이 경험한 것들을 유튜브, 소셜 미디어에 쏟아내기 시작했다. 사람들은 그 플랫폼만 있으면 누구나 가상현실 고글을 착용하고 자신만의 이상향에서 욕망을 채우며 살아갈 수 있겠다고 흥분했다. 언론에서는 그 플랫폼이 가진 잠재적 위험성과 상업적 활용 가치를 놓고 열띤 공방이 펼쳐졌다. 로버트 노직이 상상했던 경험 기계가 탄생한 순간이었다.

저녁 무렵이었다. 하람, 소이, L, 이렇게 셋은 L의 은신처,

작은 방에 다시 모였다. 1년 전에 그들이 결정하지 못했던, 행동하지 못했던 무언가를 해야 할 시기임을 직감했기 때문이었다. 그러나 누구 하나 먼저 입을 떼지 못했다. 어느덧 조붓한 방은 어둠으로 가득 찼다. 서로의 숨결조차 느껴지지 않았다. 순간 세 사람은 듣고 싶었다. 혹시 지금 자신들의 곁에 조실장이나 장 교수가 있다면 무어라 말해줄지. 그러나 그들은 곁에 없었다. 얼마나 지났을까. 어둠 속에 찬 바람이 흐르는가 싶더니, 귓가에 소리가 들려왔다.

"혹시 발할라라면 무어라 얘기해줄까?"

그러나 누구의 목소리인지 알 수 없었다. 어둠의 심연이 말을 걸고 있었다. 조그맣게 아주 조그맣게.

에필로그

"그의 여정에는
당신이 모르는 이야기가 있다."

1

2027년 8월 23일

가이아는 이전부터 NOM의 존재를 알고 있었다. 내가 그들에게 정보를 주었기 때문이다. 더 컴퍼니에 장 교수가 연관되어 있다는 사실을 알게 된 날, 그의 연구실에 무작정 찾아가기 전 가이아에게 장 교수가 현재 진행하고 있는 기억 거래를 방해해달라고 요청했다. 작전이 성공했는지 그가 전화를 받으려 다급하게 자리를 비웠고, 나는 그사이 방을 뒤졌다. 그리고 로그아웃하지 않은 컴퓨터에서 조만간 나를 리셋할 예정이라는 메일을 발견했다. 내가 더 컴퍼니를 취재하고 있는 것, 어디까지 아는지가 모두 적혀 있었다.

NOM의 존재는 뒤이어 그의 메모장을 뒤지던 중 발견했다. 장 교수는 실수나 사고를 대비해, 몇 년 전부터 그의 기억을 외장하드에 옮겨놓았다. 나는 이 사실을 가이아에게 알렸다. 다만, 나는 장 교수가 두 개의 NOM을 만들어둔 것은 몰랐다. 더 컴퍼니 출신인 가이아의 의료진이 내 기억을 옮겨놓을 외장하드를 개발했다. 장 교수의 NOM처럼 완전하진 않았지만, 나는 리셋될 때마다 가이아의 도움으로 기억을 어느 정도 회복할 수 있었다.

2027년 9월 1일

수소문 끝에 키프로노의 소식을 듣게 되었다. 그 이후로 나는 잠을 잘 수도 물 한 모금 넘길 수도 없었다. 나는 무얼 위해 이 일을 했을까?

어쩌면 더 컴퍼니의 기술로 키프로노의 인생을, 그리고 내 실수를 다시 되돌릴 수 있지 않을까?

2

키프로노는 더 컴퍼니의 눈을 피해서 가족이 있는 곳으로 돌아갔다. 뜨겁게 태양이 내리쬐는 케냐의 작은 마을로. 키프로노는 자신이 왜 한국에 갔었는지, 그곳에서 무슨 일이 있었는지 알 수 없었다. 가족들은 키프로노가 한국에서 거액의 돈을 받아 오리라 기대했었다. 하지만 고작 1000달러를 쥐고 돌아온 키프로노를 보자 실망감을 감추지 못했다. 동생들의 얼굴에는 씁쓸함과 절망감이 묻어났다.

키프로노는 가족들의 반응에 마음이 무너졌다. 모두를 실망시켰다는 자책감에 괴로웠다. 깊은 상처를 안은 채 키프로노는 다시 전자쓰레기 소각장으로 향했다. 발에 땀이 차고 땡볕에 피부가 타들어갔지만, 그런 고통쯤은 아무것도 아니었다. 키프로노는 가족을 위해서라면 무엇이든 할 수 있었다. 더 멀리, 더 먼 곳까지 걸어갔다. 그럴수록 키프로노는 왠지 가족들과도 점점 더 멀어져가는 기분이었다.

그런 날들이 끝없이 이어졌다. 그러던 어느 날, 절망에 빠진 그의 앞에 와비루라는 조직이 다가왔다. 가난한 아이들을 모아 불법적인 일을 시키는 범죄 조직이었다. 그들은 방황하는 키프로노의 마음을 간파하고 달콤한 유혹을 건넸다.

"우리와 함께하면 너도, 네 가족도 더 이상 굶주리지 않아도 돼. 생각해봐. 이 기회를 놓치면 너희 가족은 영영 가난에서 벗어나지 못할 거야."

키프로노는 망설였다. 그들이 범죄 조직이라는 건 알고 있었다. 그러나 지푸라기라도 잡고 싶은 심정이었다. 배고픈 가족들의 모습이 눈에 아른거렸다. 실망에 가득 찬 동생들의 얼굴이 자꾸만 떠올랐다.

'이대로라면 정말 내 탓이 될지도 몰라.'

키프로노는 결국 와비루의 손을 잡았다. 가족을 위해서는 어쩔 수 없는 선택이라고, 스스로를 합리화했다. 처음 그에게 맡겨진 역할은 다른 이들이 상점에서 물건을 훔칠 때 밖에서 망을 보는 일이었다. 키프로노는 잘못된 일임을 알았다. 그러나 그때마다 동생들의 모습을 떠올렸다. 점차 양심의 가책은 무뎌져갔다. 죄책감, 두려움보다 돈을 벌어야 한다는 일념이 더 컸다. 그런 일념은 그를 점점 더 어둡고 위험한 길로 이끌었다. 흉기를 들고 보석상에 들어간 키프로노는 총성이 울리고 피가 흐르는 순간, 자신이 얼마나 큰 죄를 짓고 있는지 깨달았다. 총을 든 손이 부들부들 떨렸다. 그는 결국 살인 사건의 공범이 되고 말았다.

'내가 대체 무슨 짓을 한 거지?'

그러나 이미 때는 늦었다. 키프로노는 살인 혐의로 경찰에 쫓기는 몸이 되었다. 차마 가족의 얼굴을 마주할 수 없었다. 그는 마을을 등지고 도망칠 수밖에 없었다. 어둠 속으로, 불빛이 보이지 않는 곳으로 달렸다. 낯선 도시의 뒷골목을 떠도는 키프로노의 눈에서 눈물이 멈추지 않았다.

'한국에서 돈만 제대로 벌어 올 수 있었으면 됐을 텐데……'

키프로노는 밤마다 가족을 그리워하며 눈물을 흘렸다. 그들을 실망시킨 것도, 범죄자가 된 것도 모두 자신의 잘못이라며 가슴을 쳤다. 이 모든 불행을 자신이 부른 것만 같았다. 어디에도 기댈 곳이 없었다. 오직 침묵과 어둠만이 키프로노의 옆을 지켰다. 가엾고 불쌍한 영혼의 울부짖음은 그렇게 낯선 도시의 후미진 뒷골목에서 허망하게 사그라졌다. 서서히 아주 서서히.

●

작가의 말

나는 기억과 현실의 경계에 서 있다. 그 경계는 희미하고 때론 사라진다. 진실이라 믿는 것들이 허상일 수 있음을, 그리고 외면하는 것들이 진실일 수 있음을, 이 소설은 말한다. 나는 기억의 조각들 저편으로 당신을 초대한다.

기술에는 본디 아무런 뜻이 없다. 뜻을 만드는 몫은 인간에게 있다. 뇌과학, 인공지능, BCI(인간 뇌-컴퓨터 연결), 메타버스 등 첨단 기술에 인류는 어떤 뜻을 담았을까? 기술의 시대에 인간이란 무엇인가? 이 소설을 통해 이 물음에 답하는 여정에 오르길 바란다. 당신 존재의 본질, 인간다움, 그리고 자유의 의미를 되묻는 여정을 떠나길 바란다. 그 여정의 끝에서 진정한 당신과 만나기를.

2024년 8월
사막에서 김상균

기억의 낙원

초판 1쇄 발행 2024년 8월 23일

지은이 김상균

발행인 이봉주 **단행본사업본부장** 신동해
편집장 조한나 **책임편집** 김예빈
교정·교열 박나래 **디자인** 박진범
마케팅 최혜진 백미숙 **홍보** 허지호
제작 정석훈

브랜드 웅진지식하우스
주소 경기도 파주시 회동길 20 웅진씽크빅
문의전화 031-956-7210(편집) 031-956-7129(마케팅)

홈페이지 www.wjbooks.co.kr
인스타그램 www.instagram.com/woongjin_readers
페이스북 www.facebook.com/woongjinreaders
포스트 post.naver.com/wj_booking

발행처 ㈜웅진씽크빅
출판신고 1980년 3월 29일 제406-2007-000046호

ⓒ 김상균, 2024
ISBN 978-89-01-28549-8 03810

스페셜 스토리

해당 큐알코드에 들어가면 『기억의 낙원』을 읽고 AI가 만들어낸 스핀오프가 펼쳐집니다. 인공지능 '발할라'의 관점에서 바라본 '기억의 낙원'을 담았습니다. 이 소설은 GPT-4o, Claude 3.5 sonnet를 기반으로, 유메타랩 주식회사(Yumeta Lab)에서 제작되었습니다. 일부 편집만 사람의 손이 들어갔고, 스토리 자체는 AI가 쓴 글입니다.